綵歌
SAI KA

河津聖恵詩集

KAWAZU KIYOE

ふらんす堂

綵歌●目次

●序　章

●第一章

●第二章

●第三章

●第四章

●終　章

序章

1　霏霏——芦雁図

霏霏《ひひ》というつくしい無音を
とらえうるガラスの耳が
多くのひとから喪われつつあった時代
ひとひらふたひら
空が溶けるように　今また春の雪は降りだし
この世の底から物憂く絵師は見上げる
見知らぬ鳥の影に襲われたかのように
煙管を落とし　片手をゆっくりかざしながら

雪片ははげしく耳をとおりすぎ
ことばの彼方に無数の廃星が落ちてゆく

ひとの力ではとどめえない冷たい落下に
絵師は優しく打ちのめされる
愛する者がはかなくなって間もない朝
この世を充たし始めた冷たい無力に
指先までゆだねてしまうと
庭の芦の葉が心のようにざわめき
この世はふいにかたむいた
雁がひとの大きさで墜落し
風切羽を漆黒に燃やして真白き死をえらんだ

笑うように眠りかけて指先はふるえる
乾いた筆が思わず
共振れする　霏霏
「見る」と「聴く」「描きたい」と「書きたい」
ひえびえと裂かれてゆく深淵に雪はふりつむ
眠りに落ちた絵師は

ついに胡粉に触れた
骨白に燦めく微塵の生誕を見すごさなかった筆先

2　紅の匂い──南天雄鶏図

絵師とは画業の果てに死ではなく
闇に燃えおちつづける
熱い火種となることを選んだ者
見よ　彼は今もここにあかあかと生きている
漆黒の脚で大地をふみしめ
虚空をふりあおぎ
軍鶏はちからづよく言挙げをする
彼方でまなざしに照応する赤色巨星は描かれていない
外の外の宇宙に
それはいまもふくらみ赫き　いのちを渇仰する

わずかにひらく嘴が不思議な笑まいを含み
三百年の空気を共振させる
ふいに漆黒の尾が打ち振られ
中空から南天の紅がずっしりと呼びよせられた
鮮血——
果てなくめぐるものに挑みつづけた軍鶏の
ついに　あるいは
ふたたびの永遠の正午
無量の実と共に鬨の声をたかだかと上げるそれは
一瞬の戦争
あるいは天地開闢
気配に気づいた者だけが絵を「見る」のではなく
色を「聴く」
黒の身じろぎと紅の匂いに
(色は匂い　絵師はそれを神気と呼んだ)
抱かれながら

偽りの世にみずから盲い
軍鶏の生命にまなこを見ひらき
世の闇に生きる痛みをおしのべた
絵師のまなざしが
今いきものからあふれる光の辰砂に埋められてゆく

●第一章

3　髑髏—髑髏図

闇に繁茂する真白き花々を描き終えた絵師は
ややあって同じく闇に浮かぶ
真白き髑髏を描こうと思い立った
四十八の花を描きつづけた疲労からか
花鳥風月への憎しみがひそかに高まったか
非在の花々の非在の花弁が散ると
非在の非在として現れて来たのは、髑髏だった

その時絵師がふぃっとくちびるを鳴らした
昼と夜は反転し
庭の葉々から虫喰い穴が次々遊離した

紙に降りる筆先に
穴は無数の黒星となって蝟集し
ついに髑髏が眼窩の中心から描きだされた
筆に宇宙の圧が掛かり
黒は宇宙の底へと深まり
描きだした絵師はもう闇の冷たさだったろうか
それとも
まだ人の果てとしての髑髏の悲しみの側にいたか

闇に浮かぶ二つの髑髏には
たしかに不思議な意志がある
生きようとするでも死のうとするでもない
どこまでも存在してやる
蹴られれば転がってもみせようと
欠け残った歯で闇の端を噛んでいる
四つの穴は漆黒の高貴を増している

髑髏は泣いてなどいない
見る者が吸われるほど見事に広がる無の鏡のごとき闇を
その存在からあふれださせている

＊

この世からごろんと捨て置かれたものが恋しくて
絵師はさまよい歩いていた
気づけば刑場近くの竹林で
風が吹き声々がざわめいた
この世からごろんと捨て置かれて
絵師は竹林の闇へ一人分け入っていった

4　絵師の木――梅花皓月図

絵師は覗き見てしまった
誰も見てはいけない　夜の秘密のすがたを
見ているのではなかった
光が闇を梳るコウコウという深い無音を聞いたのだ
月がふと傾き　大きな空虚がひらいた
兎が宙を跳び　杵が転がり　臼が割れた
月が人に見られる欲望を冷然と捨て去り
表情のない酷薄な物質となった瞬間
目の奥を光のかけらにひんやり侵襲され
絵師は抗うことなく内側から盲目となった
三月の甘美な梅の香は

無数の夜光虫となりいっせいに枝々を離れ
絵師の中の闇をきらめき舞いおどる
鼻孔も毛穴も塞がれ
闇の海で息も出来ず絵師は溺れてゆく
落ちてゆく先から末期の幻想が極彩に湧く
からだはいつしか千歳の古木へ変じ
死ねない植物の狂気に身を任せていた
どうか死なせてください――
枯れた枝をはげしく擦る音声《おんじょう》に
月の歯は静まった
遥か下方で苦悶の枝々を絡ませあう木は
誰も見てはいけない人の秘密のすがた
何か途方もない願いが叶えられたように　月は
コウコウと梳る歯を収め押し黙り
ふたたび見られるためのなよやかさを取り戻す
だが、やがて生まれ直したようにつよく輝く

今や月の光こそが、絵師
もがきながら地獄へ落ちる木のシルエットが
千年の時の壁に鮮やかに描きだされる

5　天南星―玄圃瑤華《げんぽようか》

ある日　絵師は居士とみずから号し
残りの半生を死と生のあわいに生きることに決めた
この世で隠遁者だけにゆるされる
生きた死者の澄んだまなざしを獲得するために
小さな庭に鳥や虫だけに明かされる
生と死のきらめきが現れ始めた
独楽窩《どくらくか》と名づけたそこに
春も夏も　野菜を卸す母屋の賑わいは
風に乗って紛れ込むこともなく
廊下や土蔵や庭　絵師のまなざすところすべてに
回る独楽《こま》のしずけさが雪のように降りつづけた

朝まだき　茶を一口すすって墨を擦る
絵師のほそく白い指は
まったき漆黒を生むのにふさわしい雪の微力だ
墨と硯が弧を描き　繰り返し擦れ合う一点から
ひとしれず柔らかに崩壊する世界
ふと墨が異国の樹皮のように匂い立つ　擦る手は止まる
硯の陸《おか》から微塵と化した朝が流れ込み
硯の海に永遠の夜の淵がひらいてゆく
月も太陽も砕かれてきらめき
墨の孤独は墓標のように深く
映り込む花や木や虫の像は真白くあやめられ
遥かな宇宙の光を湛えて揺らいだ

ついに打包《たんぽ》に墨をつける
絵師は湿らせた紙を優しく叩き始める

凸部に漆黒の闇が魔法の瑞々しさで広がってゆく
けさ咲いたばかりの一輪のすがたが凹部に真白く蘇る
天南星《てんなんしょう》
絵師がときめきを抑えるようにさらに叩くと
葉の上に虫喰いの穴がくろぐろと眼を見開き始めた
穴は別の世から別の愛し方で花を愛でるのだ
毒をもつ葉を喰らう無の使いたちの
たとえようもない美しさ若々しさ
魅せられた絵師は時に　死を超える死をかすめとるように優しく
時に生の内奥の生をおびきだすように激しく　叩いてゆく
だが穴は一瞬で宇宙から宇宙へすり抜ける
いつしか蝦蟇の顔をさらした絵師は
この世にひしめく不可視の赤子たちに取り巻かれていた
誰も閉ざすことの出来ないその眼窩に懇願する
どうか見つめておくれ
恍惚と吸われるように叩きながら

背を斑紋でいっぱいにする　あるいは無数の穴に愛されては穿たれてゆく

耳を澄ませば　春から春へ
聞こえてくるのは穴に喰われた絵師の呼吸だ
眼を凝らせば　見えてくるのは
刷られても刷られても画集の中に真白く咲く花々から
光に誘われあふれでる不思議な黒の無言だ

6　澱河──乗輿舟

ぬばたまの内奥がほころび
冲《むな》しさは月光のように横溢する
夜の河は流れだす
漆黒の空はじつは朝であり
朝の空虚として河はかがやいている
解纜した舟の上で絵師はぬるい春の墨に筆を染めた
河でもあり　河と共に流れるしずかな時間でもあるもの
しずかな時間でもあり　凍りついてゆく永遠でもあるもの
朝であるかも知れない夜
夜であるかも知れない朝
そのどちらにもいながら絵師は

そのどちらをも描こうとしている
絵師は反転し浸透する多重の存在なのだ
難破した船から逃げる鼠の鬚が漆黒の水に浸かるように
朝の空虚から夜の濃密へ筆先はいくどとなく濡れては蘇る
絵はどこへゆくのか　絵師は知らず
絵師がどこへゆくのか　絵は知らず
時空は灰色がかった瞳孔に練り込められてゆく
ネオンもなく家の灯もない黒死病の岸辺に
時間の傷として仄白く刻まれる詩のことばたち
おのずから淡く三百年を発光し始める澱河
あるいはそれは桜ふる真昼の河だ
世界がみずからの夢の底へ沈んで世界の陰画が立ち現れる
友禅の夜霧がふいに呼吸し明暗をまして
亡者の城にさしかかるあたり
陸はうっすら空虚となり　河こそは岸辺となる
ここからはもう生きる余地のないほど反転する　詩の甘美がきわまる

絵師は闇を摺りつつ流され
闇に摺られつつ流れる
舟の中にはただ絵師の魂の版木が揺れている
空《くう》に描きだされるのは
この世に美しいものはどこまでも失われてゆくという
三百年の長い指の嘆き
木々がふぶく白い花弁となって散らされ
閉じた貝のような家々が置かれる浜辺に
遥か未来への送電塔のような松が林立する
絵の尽きる果ては不可視の浄土の海の
描き取れない無量のあかあかとした冲《むな》しさだ
真闇であるかも知れない閃光
閃光であるかも知れない真闇へ
ふと見れば絵師はもう攫われていた
遥かなどこかで波の触手が歓喜にざわめいている
死の空虚の底へ落ちてゆく燃える版木　あるいは熱い火種は

次の世にあふれる「物」への飢えに身じろぎ
錦の軌跡をやがて暗くほどき始める

7　欠けることで盈ちる者の名―大盈若冲

丁卯之夏日
その日を想像することは出来るだろうか
一人の絵師の名が
「充溢した空虚」からしたたるように生まれた夏のひと日を
ひとがみ空の色を忘れ
蓮の花が開く音も絶え
空虚がみずみずしさを失い枯れて
ただ「死せる充満」がみちる今に

想ってみよう
糺ノ森の川辺にその名は水の輪が拡がるように生まれた　と

二人の名づけ親が名だけを残して立ち去ると
翳りだした川辺に青嵐がおこった　と
極小の玉となって散らばり今も消えやらない名のなごり
ケヤキやエノキの枝先に不可視にふるえるきよらかな珠玉
目をこらし耳をすませば
原生林にあの日と同じ青嵐はおこり
時間の総和をざわざわと解き放つ
一顆一顆あの日の光を想起するしずくたち
川の水に倒立する緑の鮮やかさに
色を忘れていた空虚がながい睡りから醒めてゆく

あ、　黒揚羽

ふいをつく飛翔の優美に
二百七十年の時がガラスのように素通しになる
過去と今の声と声が鏡像のようにうつりあい

なかぞらで漆黒の蝶は輝いた
あの日二人の影を融け込ませたままの水は緑を深め
木々のざわめきにさらに時間はつきくずされる
私は宇宙の不思議な断面に映る影となり
今という蛹の夜から羽化し
いにしえの明るみへ脱けだしてゆく
遥かな「今ここ」で言葉もわずかに拈華の笑みを交わし合う二人が見える
永遠の「夏日」へ
闇を銀糸が縫うように蝶道を誘われてゆく

青嵐の森は蝶をいくひらも解き放つ
ひとひらがうたうような茶の香りにひかれて川辺へ降りてゆく
二人がまなざしで語り合う「水の涯」で
ふと目交いに立ち現れる空虚が瑞々しい
二人のつどう時空はどこでも煌めく果てなのだ
そこに映り込むどんな現世の色をも汲んでは炉にかけてゆく

鉄瓶がかたかたと煮だす時間が水の輪になる
刻々と生まれる輪はひとひらの蝶としばし戯れ
遥か真昼の星雲まで広がってゆく

きれいやなあ

詩を書く禅僧が手をかざして見たものは蝶の影か
それとも神さびた木の間をいそぐ無の馬の青光りか
なかぞらから不思議な一瞬がしずくのように心に降ってくると
僧はいそいで水注を手に取り筆を走らせた
大盈若沖　君子所酌　丁卯之夏日　東湖散人
なかぞらから微笑むような波動が指に伝わるまま
文字を水注の腹にするすると描いた
同じ刻　絵師もまた遥かな庭で
おなじ新鮮な空虚にいつくしまれていたか
鶏の羽がふいに川の波紋のように五色にかがやき

目はつよく吸われたろうか
まだ生写《しょううつし》の指はうごかなくとも
背にはもう生き直すための新たな名が光と影となり揺らいでいるのを
知らないままだとしても

茶を売るもう一人の禅僧は
返された水注に「若冲」を見て取りうなずいた
端正な二文字からひとひらの無が飛びたつ
まだ見ぬ白い鳳凰や象の影が二人の目交いをよぎる
二百七十年の時の空虚は泡だち
あおあおとあふれ
欠けることで盈ちる美しい月も
やがて世界の梢をふるわせながら昇ってくるだろう

第二章

8　神々の檻――樹花鳥獣図屛風

白象さんが長崎からやってくるでぇ
高らかな声の主は店先のお父はんだったか
それともだいどこのお母はん
引きも切らず店に来る商人《あきんど》たちを捌くひまひまに
影絵の父母は後ろを振り返っては
母屋の奥の奥の縁側に腰かけ　青空の深い井戸を見上げつづける少年に
親鳥のぬくい声を放った
だが声は通り庭をくぐりきれずに消えてしまう
もう長いこと誰の声も触れられない耳朶に
また冷たい雫がしんと落ちる
生まれながらに灰がかった眼はかすかに光る

狭い空を過ぎあぐねるひとひらの雲を見上げれば
小さな雲はみるみる巨大になり
あやかしのように茫洋と拡がり
少年の透明な心を覗き込んだ
すると綿菓子のようなイメージがふかぶかと降りてきて
少年の夢の底にうずくまり長い鼻を上げ　人なつこく微笑んだ

大きいけったいなけものが砂煙をあげ
賑やかな異国をひき連れて来るんやでぇ
近づけば岩山みたいな体に音楽は鳴り雷は轟き
えらいきれいな花や鳥が踊ってるそうやでぇ
木戸銭をにぎり店を出た少年の夢想は詩のように錯綜する
息を弾ませ小走りすれば
いつしか市中の空気は南国の花々が開いたように甘い
街の辻々にはふれるなふれるなと風のお触れがめぐっている
やがて見えてきたのは

江戸まで徒歩で引かれる途次の一夜
象が寺に留め置かれると聞きつけ
虻のように境内につめかけた人々の
眼も口も鼻も消えてぎらぎら光る　顔また顔
象の功徳に触れようとのばされる　手また手
餓鬼の相もあらわな大人たちの肩越しに少年はついに見た
乾いた泥濘のような皮膚
つまみ取られた瘢痕のような眼
無益な重みをもて余す長い牙
それは夢みていた美しい象ではなかった
ただ大きな汚れた惨めないきものだった
だが吸われるように目をこらすと
焦点からこの世ならぬものの気が次から次へあふれてきた
生まれながらに曇り空をたたえた瞳にだけ
華麗な極楽が聞こえない音楽となって明かされ始めたのだ
この鮮やかなけものたちはなんものか

どないして捕まえたらええんか
世の実相が自分にだけ見えて他人には見えない半透明の孤独の中
神のけものたちが促すようにうごめくのが分かる
少年の中に絵師がかすかに胎動した
この世ならぬけものたちの色と形をもとめて
指はほそく長く触角のように伸び始めた
その尖端からもう一つの色界へと靡く
命毛が生え初める

*

歳月は流れ、眼前に生きる鳥やけものを見つくし、生命の気を精密に写し取った「動植綵絵」を寺に寄進したあと、絵師の心に思いがけなく空洞がひらいた。あの日のまぼろしがはげしい瘴気となって立ちのぼった。見えない神たちは見てしまった者から離れることなく、心の暗がりにひそんでいたのだ。夢の青い水を鴛鴦が泳ぐ。黒い水犀が跳ねる。木の上で猩猩の眼が赤く灯る。密林で麒麟の翼が燃える。黄色い虎が溶けるように笑う。獏が空に向かって夢を吐く。鳳凰は鳥たちを統べようと誇らかに羽を広げる。そして白象は非在のけものたちをあらしめる力の源として、再会した絵師の前にしずかに歩みを止めた。

途轍もないまぼろしは細部から手なずけるしかない
絵師は象を描こうとした彩筆を止めた
十万を超える小さな正方形で絵を分割するという
不思議な「狂気」にふいに襲われた
線描きの筆先を淡墨に染め
絵の隅から1.1センチ四方ずつ
この世の空虚があの世の実在によって満たされるようにと
筆先に祈りを込めて描きだすと
えずくろしい神気に突きあげられ
構成のエネルギーをもたらされた絵師は
すでに神々の技師と化している
目と筆をこらし　自分自身が十万を超えるパーツと化すかのように

格子を描きつづけた
檻を描きつづければ神のけものたちはその内側におのずと降臨する——
あるいは捕らえようとしたのは
かつて神々を見てしまった衝撃に壊れたみずからの檻から放たれた
心という無限にあてどないいきものだったか
描き終えた絵師の全身から
しばらく怪しい光の眼力があふれやむことはなかったろう

描いたのが本当に絵師だったのかは分からないという
だがここに捕らわれているのはたしかに絵師の見た幻なのだ
格子に森閑とひしめく神々は
濁り世へ踏みだすことを今もためらう
小さな正方形一つ一つに未知の怒りをたたえ
さらにその内側に色濃い極小の心臓を
いまだつづく危機の信号としてちかちか鼓動させている

9　空白の燦―月夜芭蕉図

書院が築かれてから長いあいだ
襖は空白のままだった
春の花や夏の緑光や秋の紅葉が空気に滲んでも
空白は汚されることはなかった
だがやがて無垢は不安へと変じた
何者も触れえぬ白の不安は生き生きと拡がり
襖を開いても開いても僧は閉ざされ
ついに現世の庭に出ることは不可能になった

絵師を呼んだのは閉じこめられていた僧だったか
あるいは迷宮の奥で生死不明の僧ではなく

暗闇で仄かに発光する空白そのものか
ひっそりと　だが息もつかせず絵師は描いた
太古の洞窟の壁に呼ばれて誰かが
そこに幻視の光景を刻んだように

＊

三百年後のガラスの向こうの暗い襖のまえに
古い空気が濃く身を屈めている
誰もいない美術館の一隅の真空に吸い込まれて
私の時間は三百年前の「その時」へ消えかける

＊

空白の不安を鎮める空白を
描かなくてはならなかった

空白を超える空白を　捉えなくてはならなかった
書院の気高い孤独と向き合う孤独の中で
矛盾を描きうるのは
矛盾に鋭く惹きつけられる者だけだ
絵師の灰がかった眼《まなこ》の奥で
不思議な光がくだかれ雪のように降りだした
目に映る事物の血を抜き
いのちを凍らせては別の世に鮮やかに蘇らせる
絵師だけの愛がうごきだした

*

淡く淡く　時に濃く
筆はすべり芭蕉たちは描かれる
刷毛のような筆のうごきとともに
墨の濃淡のまま葉々のざわめきが立ち現れる

陰鬱なバナナのような姿は絵師好みだったろう
大きな葉の脈をためらわず刷く
荒々しさからそれが分かる
芭蕉の葉の破れやすさから目をそむける人と
破れたありさまに勇敢な武士の生傷を見る人とに
二分されていた時代
最初の目撃者には聴こえただろうか
一人描く絵師の筆が空白の中で共鳴する
けものめいた夜の芭蕉のざわめきが

絵は淡く濃く荒々しくざわめき始める
だが葉々の気配がさらにうごめき
いのちの艶めきをおびるためには
描きのこした空白が
空白のまま盈ちなくてはならない　と絵師は考えた
ふと突きでた葉の下にあたりをつける

そこが空白の急所だった
筆に水気をたっぷりふくませてから
途切れなく鮮やかに円を隈取ってゆく
幼子の眼に映るがごとく　闇との境に水の輝きが滲むように
筆の力を巧みに抜きながら

澄み渡る夜空に円は冷たく輝いてゆく
あの空白の中の空白の中の空白
月——
だがあと三分の一というところで葉を踏むことなく
しんと筆は止まる
絵師の月は盈月になり切ることをどうしても拒んだのだ
（大成は欠けたるが若く、其の用弊《やぶ》れず。
大盈は冲しきが若く、其の用窮まらず。）
欠けること　盈たされないことで
空白は非在の月光へ転じることが出来た

何百年経とうと　今ふたたびという身じろぎで
芭蕉は皓々と照らしだされてゆく
絵師のつねにあらたな命が
見つめる者へ向かい　濃く淡く生々しく燦く

10　蘿蔔と西瓜―果蔬涅槃図

死とは　果蔬たちがたましいをおびる刻か
どんな光も消えてしまった　薄闇のみちる家から走りでると
絵師は視野の一隅を照らされ振り返った
店先に捨てられていた　二股の小さな果蔬の光だ
大根というより蘿蔔《らふく》と呼ぶにふさわしい厳かな白の輝き
そっと拾い上げ赤子のように胸に抱きしめる
絵師の虚ろな心にゆっくりと悲しみの光が滲みてくる
この滋養が消えないうちに部屋に戻り
逆さまの籠の上に寝かせよう
周りには売れ残りの果蔬たちを嘆き乱れるさまに配し
画室いっぱいに

この悲しみのすがたを思う存分咲かせてしまおう

愛する人のいない空虚が
もう遥か未来まで拡がりだしている
体の底から途切れることなく押し寄せる空虚は
目からあふれる涙となり　絵師は涙で墨を擦りつづける
消えかける心をなぞるように果蔬たちを描くと
自分も少しずつ薄い影になりかわってゆく
悲しみが祝福にかわるまで涙は流れるらしい
さいごに蘿蔔の輪郭を　幼子にかえった指でぎこちなく描き終えた時
なかぞらの母の純白のたましいは
無へと穏やかに入滅した　と指先は悟った
絵の中で別れの儀式が終わってゆく
充満した空虚はかがやき
蘿蔔は次第に光を失い
ふたたび傷だらけの〝大根〟へごろんと戻っていった

墨は二百五十年後も乾き切らない
時の果てへの静かな供物として
絵師は画仙紙いっぱいに永遠の湿潤を残したのだ
淡墨の果蔬たちの背後から
くろぐろと大きな西瓜が二股の蘿蔔を見つめている
最後に筆の力を漆黒に籠めたまま
熟れすぎた絵師がそこに佇んでいる
生きる闇をたたえ
生きる不純を呑み込みながら
母の真っ白な涅槃が今も眩しくてならないのだ

11　風の廃墟──墨竹図

ひとは風を拒めない
拒んでもまたどこからか　からだは風に孕まれる
（ときに密かな心までなぞられて）
風に向かい息をする
こんどはひとが風を孕み　風を生む
ひとが風であるならば　風もひと
生まれては生まれ　絶えることはない
この世に風があるかぎり
竹林は透明なゆりかごを揺らしざわめきつづける
風はひとに孕まれ　生まれ
風に孕まれ　ひとは生まれる

生まれて生まれる

＊

絵は知らせている
世界が風のための純白の廃墟であることを
絵は危機のごとく告げている
中空でざわめく葉々が
漆黒の「うつほ」をめくり返すたび
世界の破片が月光にきらめき奈落へちらばり落ちてゆくことを

＊

紙と墨だけを残してすべてが滅ぶ美しい朝が
絵師にとつぜん贈られたのだ
障子を開けると　冷気がすべての色を鎮めて呑み込み始めた

大きな悲しみが音もなく世界の極彩の羽を裏返すと
手遅れなモノクロームの朝だ
心のように白い庭に向かい
縁先で目を細め風になりかける絵師は転変の時を知らされる
竹林のざわめきが身のうちの風をうながす
肺腑が解き放とうとふいごのように揺らぐ
襟の合わせはゆるみ　袖はふくらみ
胸から指へ血は色をなくしてゆく
生きているのはもう　このおののく指だけだ
筆は澄みわたるしずくとなり
有と無のあいだから
見知らぬ水のひろごりを画仙紙にしみわたらせてゆく

思い余って筆の腹が、一点
この世につよく無を擦りつける
中空に漆黒がざわざわあふれだした

下方から柔らかな樹幹が頭をもたげ
はかない時間となり　伸び上がり消えかけては
繰り返し無の葉を中空へなげうってゆく
絵は自走し
無が自壊し

このざわめきこそが、風となった絵師だ
千年の廃墟の純白から生まれては生まれる
風の指　風の筆　その閃くあくがれ
絵の大きな悲しみははばたき始める
はるかな外部で透明な竹林が透明なゆりかごをはげしく揺らす
この世の終わりを純白に超えて
生まれでようとするもの
ひとと風のまじわりの果てに
きらめく硝子の産声がついに上がった

第三章

12　陋室の蛹―芍薬群蝶図

絹地に金泥を塗り込めるにつれて
色は心身を少しずつ脱落する
あるいは心身が色から脱けてゆく
絵師の命はやがてゆたかな冬木となるために
初夏の花々の色をまとい尽くそうというのか
絵筆を止めた背にわずかに現れる不可視の羽
庭の葉あいは濃くなったり明るんだり
木々は暗い死を含んでざわめいたり
下闇がふいに漆黒の揚羽を放ったり
そのたびにしずくのような小さな羽は壊れそうに
世界のわずかな変移をも映し込み　かすかな風にもともぶれする

だが描くことに酔いしれる絵師は
すでに蛹となり羽化も始まっていることに気づかない
錦街陋室《きんがいろうしつ》の宇宙は少しずつ澄み始める

すでに午後
二百五十年前の　たったひとつの昼が暮れてゆく
縁先から時の柔らかな影が
部屋深くへ饐えながらしのびよると
羽は死の気配を感じにわかに動きをはやめる
知ってか知らずか額に汗をわずかに滲ませ
絵師は灰がかった瞳をほそめた
身をこごめるすがたはとうに人を離れ　さらに蛹
筆先を見つめる眉間に鮮やかな花々がうたうようにひらき始める
ほそいほそい筆の命毛に
蝶たちが遥かからか吹き寄せられ蒐まりだした

やがて筆が止まり　紅と白のたたかいが終わる
いまこの世の下方で濃く淡く咲き乱れる芍薬
獰猛なほど官能的なその吐息　蕾たちの命のうずき
花を凝視しつづけた絵師のまなざしは花の色と香りに染まる
そこに奪われるように誘われて
ひとひら　またひとひら
いつしか盈ち盈ちた虚空から
蝶たちが雪片のように力なく身を投げ始める
運命の酷薄な手でぴんと展翅されたすがたで
飛ぶ、蜚ぶ、止ぶ
やがて羽ある非在のものたちは
下方にひしめく花々の極楽のエネルギーに吸われるように落ちてゆく

薄闇に満たされた陋室にもう誰もいない
色という色を透脱した絵師はしずくとなって消え
完成した絵だけがうっすら水めいて光っている

紅白の芍薬たちは
全てが終わった事後の暗い空白を
鮮やかに愛し始めているのだ
金泥の薄闇がもはや明けることがなくとも
花々はどこまでも生きつづけ華やごうというのだろう
もはや一輪二輪　みずからを描き足してしまうほど花は自由だ
蝶たちの投身が絶えないのは女帝である花々に
飛び方を忘れ果てる魔法をかけられたから
絵の時空に二百五十年などあっという間に過ぎる
時間は空間の心臓を連れ去ってゆく
かすかに羽化したまま透明となった絵師のまなざしが
まだどこかでふるえている気配がする
小さな不可視の羽は
飛べたのか　失墜したか
蝶たちの虚空へ　それとも花々の地獄へ

秘密を塗り込めて黙る金泥の地に
ひとひらの焔の影がよぎる
主の消えた事後の陋室は死者の目のようにかたく閉ざされた
きらめく無の光だけがそこに
主なき筆先をうごめかせ描きつづける
世界の破壊　生誕　あるいはそれらの永遠の揺籃を

13　一松虹臥―老松鸜鵒図　1

けものたちが寓意の命をまとっていた時代
ひとはかれらのいのちにことよせ
互いの思いを体温のままに伝え合った
ことばは心の脈を打ちながら
空気に触れても死ぬことなく　ひとびとの間を自在に行き交った
だが生ける寓意は滅びようとしている
ひととひとのあいだに見えない雪が降り始めている
それぞれの寓意のいのちを剝ぎ取られ
雪原にさむい足跡を残し逃げてゆく狐や兎
ふいに無の重さをもたらされ
驚きながら無慈悲な重力に身を任せて落下する鳥

意味の燃え尽きた空は火薬の黄をおびる
しかし下方でおもむろに千歳の松たちが
暗緑の死から身を起こすのを絵師は見た
針葉を牙のようにひからせ
長寿という千年来の寓意の枯れた殻を内側から壊しつつ
襲いくる空虚を迎え刺そうと怪物のように増殖してゆくのを

怪物と化した松から鷹たちは飛び去った
たとえ戻ってきても
「松に鷹」が生命の輝きを取り戻すことはない
いつしか絵師は絵筆だけをかかげ
金泥の荒れ地をさまようひそかな旅絵師となった
まなざしと物のあわいに次々とひらく空虚に
響きのこる鳥たちの悲鳴に
筆で耳を澄まし腕で共鳴しつづける
夜が深まり灯火に照らされながら　腕は待つ

みずから松になりかわるまで　待つ
闇が深まり灯し油も尽きる頃
絵絹にのばされたまま筆から離れた腕は
眠り込んだ絵師の夢を超え
松をあおあおと超え
宇宙へつつぬける部屋は
草木のすさぶ孤独にみたされた河原と化した

闇の奥から真っ白な鸚鵡が解き放たれ
音もなくやってくる
一羽　また一羽
よこたわる絵師の腕へ
いや　すでに腕ではなく地上に臥した一本の夜の虹へ
松の命に隠されていた仄暗い虹のかがやきへ
やがて奇妙な「腕」だけとなった絵師は
寓意をくだかれた果てにあふれるむなしさのために

七色に明滅しながら　ひとひらまたひとひら
世界の白の悲しみを止まらせている

14　旅絵師―老松鸜鵒図　2

＊雪

絵を見つめる者は分かる
老松の腕に止まっている鸜鵒たちは　本当はそこにいない
羽を切られた体は絵の中に囚われたまま
黒い漆の瞳をきらめかせ
遥か南にある密林をなつかしそうに夢見ている
かれらはそこにいながら　そこにいない
絵師が精緻な筆遣いと胡粉の質感で描き取ろうとしたのは
非在の存在　あるいは存在の非在だ
胡粉の悲しみの白は

絵筆から雪となり絵の中にこぼれ
鳥の羽にふりつもっていったが
鳥はこの白から透脱し絵から抜けだし
今も夜空を旅しているらしい
悲しみの白から抜けでた白の悲しみが
ささめ雪となり
歴史の闇の深まりに吸われて　未来へ降りしきる
絵に囚われた鸜鵒はもうどこにも行けないのに
鸜鵒の白の悲しみだけが
見えない雪となり今も旅をつづけている
非在となってもなお故郷に戻れない雪は
いくつもの享楽の金を暗ませ
いくたびもの戦火の赤を鎮めるだろう
流れる涙と血に映り込んでは
阿鼻叫喚に聖夜の静寂をもたらすこともあるだろう
だが雪は誰に見られることもなく消える

気配に振り仰げば歴史の空はふたたび
みずから焼け焦げるまま漆黒を深めている

＊ユキ

闇がわずかに緩み　歴史に奇跡の小さな光が射し込んだ
夜の底から階段をのぼる音がして
かすかなノックが聞こえる
ドアをひらくと　美しいいきもののすがたが
手にしたマッチの火に仄かに照らしだされた
燦めく黒い瞳
ゆたかな羽毛をまといながら　同時にふくよかな肉の裸体でもある
鸚鵡のような女のような白のいきもの
迎え入れた男は言葉もなく抱きしめる
言葉もなくそれは陶然と女となる
髪は冬の街の石の匂いが滲みている

瀕死のくちびるがうちふるえて囁く
ドウカ私ヲ描イテ下サイ
人を真似た鳥のような　あるいは鳥に似た人の苦悶のような
こんな声をいつかいとおしく聞いたはずだ
男は腕を押さえながらおぼろげに思いだす
遠く去っていったものが戻ってきたと
はやく描かなければ死んでしまうと
（ふたたび雪のように溶けてしまう！）
部屋の闇の底に女を横たわらせるとすぐに
細筆を墨にひたし描きだした
いつか来る女のために塗り込んでいた乳白色の下地に
（いつか来る鸚鵡のために塗り込んでいた金泥の下地に）
男の筆のなすがまま肌をかきまぜられる女は
（肌にひそむ羽毛をなぜられる鸚鵡は）
黒い瞳を見ひらいたまま深い眠りへ落ちてゆく
タブローの女に鳥の羽が生える

悲しみの白から音もなく　白の悲しみが夜空へ飛び去り
死んだ裸婦と瞳孔の闇だけが残される

やがて南の国で画家は旅絵師とみずから称し
歴史の荒れ地をさまよい始める
悲しみの白を塗り込める極彩の歓喜から
白の悲しみを滅ぼす戦争の茶褐色へ
胸を張りたましいのタブローをありのままに染めてゆく

15　鳥の悲しみ―雪中錦鶏図

一羽の鳥の悲しみが雪を柔らかに溶かしている
それとも　溶けかけた世界をふたたび凍りつかせるところか
鳥は泣いてなどいない
灰色の目で悲しみに耐えながら
豪奢な細部を心のうつろから果てしなく溢れさせている
絵に雪は今も止まない
（絵だけは雪が降り止むことはない）
吹きつけられた胡粉の一点にさえ
凍える筆先の鋭い悲しみがありありと実在する
みずからの灰がかった瞳孔を鳥の目に埋め込んだ
絵師の悲しみとはなんだったのか

分かるのは
今もたった一羽の悲しみが密かに世界を溶かしていること
あるいは凍りつかせていること
鳥の命は豪奢に熱く　冷たい
あすなろの枝葉につもる雪の裏から
宇宙の真闇が私たちを手招きしている
椿の花にふりしきるひとひらひとひらに
小さな無がくるおしく反転する

現世の窓の外にまなざしを移してみれば
庭の葉むらの奥深く　騙し絵となった鳥の悲しみが
不可視の斑雪のすがたでひそかにいきづいていないか
それを見てしまえば私たちこそは鳥
絵の中の庭へ人知れず旅立ってしまうだろう

16　鴛鴦の果て――雪中鴛鴦図

僧たちもきっと凍て果てている
小雪舞う朝の門前道は雪深く足跡もない
かたわらに並ぶ家々は木のまぶたを閉じ
無人のくらがりに息をひそめる
雪の夜が明けてもう誰も生きていないのか
日の光もなく　ふりつむ雪の白さに映える物たちだけが美しい
　これが仏の道なのか
　私だけがゆく道なのか
絵が白い息を吐きながら語りだす
二百数十年前の乾いた雪を
修行僧のように絵師が素足の草鞋でふみしめる音

その背で筆と硯がかたかたふれあう音
絵から手足の冷たさが二百数十年後の私にも及ぶのだ
素通しになった時のガラスに先をいそぐ影がぼんやり滲む
やがて空から不思議な光が射して来て
橙色の思羽《おもいば》と黒い瞳がなまめかしく立ち現れる

鴛鴦《えんおう》たちがつどう池の畔に雪はふりつむ
雪よりも冷たく凍えた筆先がうごき始める
描きたいのは鴛鴦そのものではない　と絵師は思う
描いても描いても鴛鴦は　何かが描き切れない
独り佇む鴛には　人の世で剝製のように生きたい
という男の願いを込めてきたし
頭から半ば水に潜らせた鴦は
男を人の世に連れ戻そうとする女を
夢の泥に埋めてしまいたいという憎しみさえ込めて
描いてしまったし（これを見て物言いたげに立ち去った女もいる）

筆はもう後戻り出来ない
鴛《おとこ》　鴦《おんな》という存在が行きつく極北の時空のありさまを
自分はここに描きに来たのだ　と絵師は思う
はるか僧坊で僧たちが凍て果て
五百塵点劫の過去へ雪片のように落ちてゆくのを
筆先の心眼で絵師は見る
空と水が銀泥の暗さで入りまじる
雪を重くのせた柳の枝はふいに鋭さを増し
雪片をまきちらす時空の裂け目となる
つららのように垂れた枝は数と鋭さをおのずと増し
庭園に殺意が自生を始めた
かつて幾度となく絵師がころした愛は
水底からふたたび浮かび上がってくれば
物の怪のすがたでただちに胸を突き刺すだろう
身震いして紙にすばやく筆をすべらせる

顕現した死の景色はただ写すしかない
裏と表にふりつづく雪が鴛鴦を永遠に凍りつかせ
二羽を引き裂く亀裂が無数に入ってゆく世界のさまを

動悸を抑えて絵師がやがて咲き誇る山茶花を描き足すと
赤い花はふりしきる雪とたわむれながら
潜ったままの鴦をけたたましく嘲笑い始めた
色のない空から色のない三羽が枝にやってくる
勝ちほこった花の笑いをあびながら
雪とともにふりしきる無をしずかに見ている
あの三羽もまた雌なのか
絵の外の私をつかのま盗み見た気がする

17　時間の悲歌――老松孔雀図

絵とはつねに今だ
何百年もの時を無化し
描いた者と見る者の眼差しを
ガラスのように澄明に触れあわせる
（展示室のガラスさえなければそれが分かるのに）
絵は遥か未来でも　今の今だ

ほら　私がまなざせば
白孔雀は見えない太陽を決然と見上げる
金泥に庇護された永遠の空間で
高らかに歌おうと嘴をひらき

ほそい紫の舌を精一杯のばす
だがみずからを誇示する歌声は
夢の中の叫びのように聞こえない
（甲高い奇妙な声はまだ始まらない）
無数の筆触に込められた力が
微細な意志として絵の中の時間の流れをじっと封じつづける

緑と群青のハートが純白の体軀を逆さに雪崩れ落ちる
豊かな美しい羽毛を描きだした見事な筆捌き
胡粉と黄土で丹念に施された裏彩色
それらはすべて　今の今を引き攫おうとする時間の暗いうねりへの
密かで甘やかなあらがいである
だが歌おうとする鳥を隙あらば食らおうと
松葉と牡丹がざわりと迫りくる
繁殖をあきらめない意志に駆られてというよりも
みずからに与えられた生命という宿命の重みに従って

やがて呑み込まれるのか
この純白の今の今も
歌おうとして歌を永遠にゆだねる鳥の「白鳥の歌」も
どんな未来でも今の今であるはずの絵の中で
時間という不穏ないきものがふと身じろぐ
これも絵師の施した仕掛けなのか
(いやこれこそは)
絵を見る私の周りで世界が金泥へとルクスを落とす
背に冷たい炎が走る
今の今が不可視に焼け焦げ
未来が過去へとゆっくり湾曲してくる

18　ひとすじの長い青灰色の水の腕――貝甲図

見えない波が寄ってきては退いてゆく
現実と夢のあわいに半透明な薄絹が張られている
なつかしそうに寄ってくる波は
触れかけてはなごりおしそうに去ってゆく
私は膜のこちら側に置き去りになる
眼をふかく閉じる
主のない青灰色の感情が胸の辺りに滲みてくる
根源のような
母性のような
名づけがたいまま「死」とすら呼んでみたい水の冷たさ
いつからか　初めからか

現実と夢のあわいに外套膜が張られている
いつからか　初めからか　そこに捕らえられた小さな私は
みずからの小ささに泣いている
こぼれる涙に触れようとする波の蕨たち
薄絹にこぼれた涙はあまたの貝になる

＊

「物好き」の友がおもむろに手品のように差しだしてみせた
南蛮から取り寄せた　たくさんの貝殻の並んだ箱
イキモノのようなモノでありつつ
モノのようなイキモノであるものたち
絵師は海よりも先に海の怪異に出会ってしまったらしいと気づく
そのかたち　色　艶　奇なる紋様が
客間いっぱいに渦巻き　うごめき　ざわめき始める
部屋に絵師一人になると

標本箱から幻の海がとどめようもなく広がりだした
とうに死んでいるのに怒りにでんぐり返ったり
大きな口をひらいて笑っていたり
秘密をささやきあっていたり
どれも死んでいるはずなのに
あでやかな殻の内部の空虚は
この世の空気とまじわろうともしないまま
そこに化外の命を孕みはぐくんでいるのだ
「かれら」はこちらを群鶏のように一斉に見た
そのうごきに吸われて絵筆はうごいた
死せる貝の生のすべてを生写《しょううつし》せずにはいられない
そのかたち　色　艶　奇なる紋様がふと翳り
ときにさらす小さな眼　脚や爪　まさか赤い鶏冠さえも?
絵師はぐるぐる幻惑される
命の底が嵐のごとくかきまわされる
夢でだけ見ていた海の青灰色が胸の辺りに滲みてくる

貝たちのほうへ
化外の命のほうへ
死人の長い長い腕のようにひとすじの水が流れでてゆく

友が手に入れたばかりのプルシアンブルーのかけらを
手渡そうと戻ると　部屋はもぬけの殻だ
水の長い長い腕にひきずられ絵師はもう京への帰路についていた
はるか陋室《ろうしつ》はすでに海底
そこに沈む門篳笥の中では　呉須《ごす》色の顔料が宝物顔をして
全身を波のざわめきに充たされ頰を上気させたあるじを
今か今かと待っている

19　瑠璃ハタ—群魚図

まだ海を知らない絵師は
海へいたるにはまず海を描かなくてはならない　と考えた
海を描くには海に棲む異《い》なるものらを生写《しょううつし》するにかぎる
そうすればおのずとそこから海の深さと広さと色が見えてくるだろう
と　起き抜けの頭で考えた
そもそも絵を描くこととは化外の海にいたる時間の川
ぼんやりとそう達観する絵師は
目を閉じかげんに
朝の「にしき」にただよう引き潮の匂いにみちびかれ
ゆらゆらとさまよう
みずみずしい売り買いの声のしぶきをあび

すでにわれしらず名づけられない魚になり始める
夢の海から打ち上げられたばかりの乱れた髪と無精髭
腰の後ろで久しぶり触れあう　絵筆を離れた手と手
差し込む日の光に明るむ空虚とたわむれる指先は
もう柔らかな子蛸の足に変じている
魚問屋の店先に並ぶ鯛や烏賊と見つめあい
膨れてゆく目の玉は　しだいに水棲の闇黒をたたえてゆく
絵師は自身の変化《へんげ》に気づいているのか
人が人にすぎない理由《わけ》もいまだ分からないまま
だが本当に気づいていないだろうか
花やけものになりたいと願ってきて
今度は魚にさえなろうというのではないか
海のひとかけらもまだ知りはしないのに

瑠璃羽太
店先の札に書かれた小さな詩句のような名を唱えてみる

ルリハタ
すると鮮やかな瑠璃色が京の朝を照り返し
唱える唇にひっそり映り込んだ
背後を通り過ぎる　異形の魚を気味悪そうに横目で見やる人々
絵師だけがそこに佇み
詩のような名を繰り返し独語しては青々と発色しようと企むかのようだ
人でしかない人には効かない毒が
蛸の漏斗に似た唇から回るのを待っているのだろう

なんちゅうきれいな魚や
わてもこないな瑠璃に染まり尽くして
ルリハタになりてぇわい
真っ青な毒は不思議な薬だったのかも知れない
光が影を消すように人離れの病を癒し始めた
目を閉じると「にしき」はもう海のざわめきだ
小路の果ては遥か外つ国へひらかれてゆく気配だ

白い帆に夏風を眩しく孕んだ船が
次々と目の裏にやってくる

ルリハタはしかし
手に入れてみれば包み紙の中で刻々と色を失ってゆく
帰ってきた陋室の暗がりではなおのこと
瑠璃の色はかすかな腐臭と共にとめどなくくすんでしまった
海のまぼろしは絵師からふたたび遥かへ遠のくかに思えた
だがやがてそれは思いもかけない潮の流れに乗り
絵師のもとに還ってくる
海をよく知る商都の富裕な友が
海を知らない京の絵師の五感に
真っ青な鮮血の塊をたわむれにほいと投じてみせたのだ
(と想像してみると
　あおあおと照らしだされた喜悦の表情さえ見えてくる)
絵師は受け取った小さな包みをふるえる指でひらいた

西洋の顔料の青が一瞬の閃光となり魂をつらぬいた
――瑠璃や
たしかにあの禁断の不死の青や
――そう　海の心の臓のかけらやな
ちょい高かったんやが
色の河を流れ流れながら
あんたが果てを見ようとせえへんさかい
見せたかったんや　うつろいの果ての果てを

*

二十一世紀のある日　小さなニュースが告げた
（十八世紀は海の底からあぶくのような謎を今もかけつづける）
二百五十年前この国で　絵師が初めてプルシアンブルーを使い
ルリハタを（瑠璃ハタとして）描いたことが

科学的に証明されたという
だがニュースは一抹の謎で締めくくられる
「絵の具の上から墨を筋状に重ね塗りしており、元の色があまりわからない」、「この色なら、若冲のパレットにあるほかの絵の具で簡単に作れる」、「貴重品だったプルシアンブルーをわざわざ使う理由が見当たらない」、「プルシアンブルーは若冲のほかの作品では見つかっていない」
絵師はなぜルリハタを瑠璃ハタとして鮮やかに描いたままにしておかなかったか
瑠璃にあえて墨を重ね塗りしたのはなにゆえか
神通の色覚を震わせながら筆先から絵絹に放った
青く輝く南の魚のいきおいにおそれをなしたか
みずからの絵筆が生みだした被造物の命に圧倒されたか
描く筆先から指先に染み込む毒を
時間の闇をさえ切り裂く未知の光を
墨を重ねることで思わず封じ込めたか
二百五十年後の今見るそれは
背に明るい茶の線を走らせた　ただ黒っぽい駄魚でしかない

（「果蔬涅槃図」の漆黒に塗り込められた西瓜が
　私の中で揺らぎ　さらに黒く笑い始める）
もしかしたら黒い魚は　絵師の壊れかけた心のかけらで

色にこだわり色の命を生き尽くした絵師の眼は
時に鶏のとさかの紅に撃たれてみひらき
時に鸚鵡と雪の白に鎮められて瞑目したが
ルリハタの瑠璃からはおのずと身を引き
誰にも分からない罪を押し隠すように美しい色に墨を重ねたのだ
塗られた墨の下の下に流れる歴史の暗渠に
ひとしれず今も絵が放生《ほうじょう》するのは
どんな狂気の青のしたたりなのか

20　ブルー——青の行方

絵師たちは世界が海へ開かれる時代を生き
苦海　もしくは憂き世の海に沈んだ
画集に刷られつづけて今もかれらのブルーは刻々と深まる
平和や幸福から遠く　まるで私自身の不安や悲しみのように
戦と戦のあいだに沈没した二百五十年の
明けない虚空　眠れない夜の顔料の粒子が
頁をめくる身の内に降りてくる
空漠の重さに圧された水底で
不眠の絵師たちは何を見つめるでもない魚の眼をしている
深淵へ落下する鳥や蝶の気配を袖にまつわらせて
みずからを取り巻く見えない海の色を

血の臭いを嗅ぐように筆先に探りあてようとする
（私たちもまた解き放たれた「時間」の津波が
　未来からおしよせやまない海の中だ）
外つ国の貴石の煌めきでも
雨に濡れる露草の青でもない
藍に近いそれは　だが　筆を伸ばせばどこまでも輝きを深めた
絵師たちの物狂いをくろぐろと吸い込んでいった
渦潮　大波　雲の龍へ

やがて絵絹はみずからを引き裂き
芝居の書き割りは次々崩れ落ちる
絵師たちの予感のブルーはついに的中した
かれらが描きつづけた東海道五十三次の「永遠」を踏みしだき
新政府軍は「時間」の御旗を掲げ闊歩を始めた
空も海も深手を負い　青は鮮やかな血の紅のかたわらで暗み
仆れ伏す絵師たちは花のように波に攫われていった

残されたのは膠のようにぎらつく無念のまなざし
それは遥か未来までつづく死屍累々を
劇しい遠近法で透視し　夢の怒濤逆巻く富士の構図で捉えては
青の深淵をどこまでも落ちる紅を
未曽有の闇色へ向かって重ねてゆく

21　危な絵―老松白鳳図

あなたを知ってから
私の世界はしずかに滅び始めた
太陽は赤色巨星へ変じようと
遥か彼方で鼓動をはやめる
朝にあなたのまなざしが見るもの　あなたの指が触れるものから
たちまち別の世の芽がふき
聞こえない笑いが空にまぶしくかがやきわたる
あなたの声　言葉　つづる文字さえ
夜に鋭さをます　あなたのおびただしい破片
それらは赤と緑に点滅して血管《ちくだ》をめぐり
私はきらきらしい傷の輝きに充たされ眠れない

また朝となればあなたは
さらに春に近づいた別の世の光と音をゆたかにひきつれ
わずかに残されたこの世界の灰を奪いにくる
あなたは私の苦しみを知らない
あなたの世界に私の苦しみだけがない
こんなにたやすく私がいない

ならば私はあなたの世界に
もっともいないもの　ありえないものになりたいのだ

あなたを見つめる私のまなこはふいに呟いてしまった
（あふれてしまった）
驚いたあなたは
この世のすべてを私へおしやるように目を閉じ
かたい喉仏だけでねめつけ
遥か恒河の砂色に変じた袈裟をふいにひるがえした

固い背を向け　鋭い鳥の異語で彼方をよばわったのだ
するとどこまでも長くのびる回廊の果てから
おしよせる見えない大津波
溺れるというより救われるように腕を伸ばし
あなたはみずから呑まれていこうとする
待ってほしい
今ひとたび振り返り
あなたのために辰砂に染まったくちびるを眼に入れてほしい
私はもはや裸体よりもあらわに翼をひろげる恋情の鳥
薔薇の花弁のようにひとひら宇宙に浮かぶ　真紅のふるえ
あなたの世界から私が消えるまえに
私がつかのまここにいた証をください
このふるえを拾い上げ　つかのま口によせ
春のいけずな疾風に乗せ
あなた自身の脱皮のように捨てやってください

そうすれば私はあなたの世界に
もっともいないもの　ありえないものとして
永遠にあなたと共にあれるから

22　意匠と死――菊花流水図

絵師はなぜふいに意匠に襲われたか
いつからか襲われたいと願っていたのか
幾百もの模写と生写《しょううつし》をとおし
生きとし生けるものの鮮やかな神気を浴びつづけるうちに
まなざしの熱をつめたく冷ますガラスの矢のごときものを
いつしか求め始めていたか
意匠の魔はすでに命に突きささり
紅葉した楓や群鶏の賑わいや白鳳の羽の紋様のリズムをとる筆先は
しろがねのように冷えていたか

秋の朝　目を醒ますと光と音が遠いのをいぶかしんだ

不思議な白さに導かれ障子戸を開けると
庭は昨日の庭のまま　何かが終わっていた
襟元のはだけた絵師がくさめをすると
虚しさは鼻の高さをかすかに越えている
朝の空気にみすてられて　菊の花弁に現れたかすかな死斑
在りし日の影絵として垂れて黒ずむ葉々
そこここで重力がアブラムシのように木々にたかっている
音もなく時間が空間をふみしだいている

自身の内奥から何かが流れだす痛みをおぼえ
襟元をはだけたまま軽くうめく
灰青色の血のごとく重い流れだ
これまで描いて来た生《しょう》あるものたちの命の綵《いろ》が
ほどかれてゆくような
けものたちの熱い体軀の身じろぎや
けものたちの命を映しだす草木のざわめきが

いっせいにすべてはかなくなるような
何千年もが経ったのか
このむなしさにはおびただしい骸の影の色が
溶け込み流れているのか

時間の川が不思議に蛇行して
庭をゆっくりと破壊する
こおった空虚から呼応して伸び上がるのは
時間に食われて死に
今　別な世へ野放図によみがえらんとする菊
花は大輪の空虚をさらに白く空虚化して咲く
一片一片実在を裏返して透く
身をよじらせ花首だけとなった花はどこか髑髏めき
打ち上げ花火のように流れる水と戯れる
太湖石は青と緑の液体を吐き屹立する植物となる
そのようなすがたでそれらはそこで

永遠にこおりつこうというのだ

幻影が均衡したところで
あわてて筆をとり描き始めると
それは絵にはならなかった
描いても描いても薄ら氷《ひ》の亀裂のように
命をもたない意匠が筆先から走った
命はなぜ命をもたないものを求めるのか　と絵師はふたたびうめいた
（ちょうど百年前生まれた　光琳、という爪弾く琴の音のような名の画家が
　紅梅と白梅の朝の命を
　金と闇の夜の冷たさへ見事に裏返したことをひんやり想った）
絵師のはだけた襟元の空虚から
菊が花開き　川は流れだす
それらは主のない性愛のように果てもなく戯れる
生と死は素通しにはりあわされる
ふと目を見開き落ちてゆく雁の軌跡が

水の湾曲にかすかに接していったことに
孤独な筆先だけが気づいていた

●第四章

23　贈与の刻──仙人掌群鶏図　1

光琳、という
爪弾く琴の音のような名の画家は絵師の生まれた年に死んだ
その絵に特有の蛇行曲線のように緩慢に流れていた近世の時間は
すでに濁りつつ速度を増していた
世は幽明に分かたれ　富める者と貧しき者が生まれ
富士は噴火し飢饉や大火が相次いだ
人の手の中で黄金はおもむろに贋金へ変じ
もう二度と本当には輝くことはなかった
エルドラドへの幻想は
あてなる女たちがひるがえす金糸銀糸の表着にだけ
春の光とたわむれては秋の紅に酔いつつ　やがて闇に消えた

絵師でなく画家、あるいは御用絵師と呼ばれた者の魂は
生まれながらきらびやかに荘厳されていたろうか
（陰翳の深みまでをもいまだ醒めやらぬ金銀の夢によって）
享保や天明という幻想の崩壊期を生きた
画家ではなく町絵師と呼ばれた者の肉体は
ずっしりと石の重みをかけられていたか
（あるいはすでに目覚めた〝物〟たちの神気への渇望によって）
だが「画家」の死のきらめく飛沫は
「絵師」のどこかに播種され
禁断の黄金への憧憬を密かに育んでいたらしい
都を焼き尽くした大火の後
逃げのびた遠い村で黄金地の襖絵を依頼されると
ためらいもなく頷いた
すると疲労に霞んでいた老いた目のまえに
黄金をも透かせる何かが激しく輝いたのだ

残された己れのいのちに空から降りそそぐ、ライスシャワー
魂を彩って来たすべての絵の色が
来し方からふいに解き放たれ目交いに渾然となる
絵の中の鶏や犬や花の命も
プリズムのように煌めきそこに融け込んでゆく
晩年の老骨を軋ませ
痩せた手を眩しそうに空に掲げ
絵師は真っ白な蓮葉のてのひらをひろげた
（十六年前ほっさまからかぐわしい僧衣を頂いた時のように）

絵師の遥か背後にひろがる
くろぐろとした被災地
黒煙　紅蓮の焔　くずおれる仏塔や神殿　暴風と悲鳴の記憶
火の粉を浴び逃げまどう人々の影絵
寺の蔵の「動植綵絵」からけものたちは歓喜して脱けだしてくれたか
自分にはもう何もない　ないからこそ

いま一度生まねばならぬ　生むことが出来る
いのちの絵を
絵のいのちを
依頼主の財力が可能にした金無垢の地が輝きながら囁く
黄金が輝きを増し純白となる
描くものは定まった
雛だ　雛をいつくしむ雌鶏と雌鶏を守る雄鶏だ
雌が雄に小言を言う夫婦げんかも楽しい
動植物の端くれである己れのいのちをここから生き直そう
一斗の米を生みだすために
日が照り木々はさやぎ雨のいつくしむ村で
鶏たちの声に励まされ　真っ白な卵一つからやり直すのだ

何もかも失った身を仙人掌のように陽にさらし
こんどは絵師がまだぬくい魂を
埋み火のいまだひそむ世に贈るのだ

24　女たち鶏たち―仙人掌群鶏図　2

女たちが並んでいた
二百二十八年後の秋
思いがけなくつよく照りつける十一月の太陽の下
雌鶏たちが並んでいた
後ろ姿の身のこなしや腰の振り方や声の高さで
女ではなく鶏だと分かる
鮮やかな着物もいた
若やいだうなじもある
ふくよかなコートも
曲がった腰もある
あるいは草葉の陰の絵師がたわむれに

ちょちょいと女へデフォルメしたか
あるいは女を鶏に？
こっこと笑いさざめき
風切羽でスマホをかざし
嬉しそうに尾羽を揺らして
二百二十八年前の産みの親に会いに来たのか
絵の中の恋人（雄鶏）を恋うているのか
年に一度この日だけ虫干しのために襖絵の間がひらかれ
黄金の絵が輝く
鶏たちの時間が蘇る
私たちのドラマがふたたび始まる
（私ももう尾羽うちふり
うごかない前の大きなお尻を突っついて）
女たちが並ぶ
鶏たちが並ぶ
女たちが鶏たちが女たちが鶏たちが

夏蜜柑の木の生命力がたわわな明るい実を結び天へ沸騰する
常緑樹の葉裏で三匹の銅《あかがね》のスカラベあるいは空蟬が太陽に挑む
温暖化に蒸れるこの土地には
かつて死の炎をかいくぐった絵師が黄金色に生まれ直した気配が
今も鶏の体熱のごとく残されている

横一列ずつ姉妹のように絵のまえに座る
こんなまぢかに会えるなんて
女たちはため息と鼓動を同じくする
絵師の描いたものにはすべて
「見る」のではなく「出会う」のだ
細密な筆致と濃彩に宿るものを
女たちは（鶏たちは）「見る」のではなく「生きる」のだ
金無垢の空虚の輝きの中
漆黒の尾をうちふる逞しい雄と

母性のおにぎりのようなふくよかな雌の
つかのまの二百二十八年の無音のドラマはまだまだ続く
女たちの臍のあたりからふと鶏鳴が聞こえ
それぞれの卵の太陽がそこから赫奕《かくやく》と昇ってゆく

25　末期の雪――百犬図

公方が生まれるまえ
雪は霏霏《ひひ》と暁闇を降り込めていた
江戸城を　大奥を　産所を　母君の子の宮を
前世と今世を混ぜかえしながら
雪は激しく降りしきった
あるいはそこにも殺生の叫びと白刃の閃きがまじっていたか
産道を這いすすみながら耳にした公方は
血の匂いすら嗅いだか
だがそれはすでにみずからのものでもあった
公方はいつしか暗い血にまみれていた
拭っても拭ってもそれは落ちることなく黒ずむのだった

はるか天から雪たちが囁いた
おまえの一生は血の匂う闇に落ちてゆくだろう――
雪に混じり込んだ祖先の灰も　地唄のように唱和した
時間の奥からあらゆる宿業をあつめた死の手が
拒む公方の背をふいに押すと　朝
雪はかき消え一天からりと晴れ渡った
歓呼する生の手に引き渡された赤子はすぐに脇差しを贈られ
もう後戻りは出来なかった
篦刀《へらがたな》が七色の朝日を射返した
産所の妖魔は調伏され　臍の緒がおごそかに切られた
誕生のしたたる血は賑々しい祝儀の酒へ溶け入っていった
後々一滴の血の穢れをさえ恐れたのは
誕生の記憶への嫌悪だったたか
あるいは　命というものの果てしない危うさが
煌めく光　鳥の声　人のまなざし　柱の木目から
生まれてまもない柔らかな皮膚にそくそくと迫ったからか

生類を憐れむ
どこまでも憐れみ尽くす
あれは慈愛と恐怖が激しい雪のようにまじりあい
公方の無意識が突きうごかされて出した
叫びのような法令ではなかったか

＊

「百犬図」を絵師が描いたのは死の一年前　八十四歳の時
絵には群鶏ならぬ群犬が
病に冒された細胞のように増殖している
絵の閉ざされた解放区に
まぐわうように揺蕩うように遊ぶ　白、黒、灰、茶の仔犬
ぽったり肥えた体に
あの暁闇にふぶいた雪のような斑が入り乱れている
生類憐れみの令はとうに廃されたが

亡き公方は絵の犬に今も餌やりを続けているらしい
あるいは絵師が無意識の底に隠し飼ってきたものたちか
たしかにこれは不死の蛭子たち
つぶさに見れば目はどこか白そこひのようで
年老いた絵師自身の似姿さえ思わせる
あるいは人外境を生き果てた絵師のほうが
犬たちに似ていただろうか

一七八七年、天明の大飢饉のさなか、民の窮状を訴える町人たちに町奉行が「米がないなら犬を食え」と言い放ったことで、江戸に大規模な打ちこわしが起こった。犬を憐れんだのではない。かつての憐れみはいつしか変容し、犬を食べることへの嫌悪感が、病葉の穴のように、犬の背の斑のように、拡がっていたのだ。

十八世紀の暮れ方
とても食べられない異形の仔犬を描いたこの絵は
人に喰われることから犬を救ったか

あるいは喰いたくもない犬への嫌悪をさらにかきたて
野へ山へと追いやったか
この不機嫌な絵の犬たちを料理しても　血は一滴も出ないだろう
紅の陰画としての黒の斑が　まな板からころがり落ちるだろう
公方も絵師も血にあくがれながら血を忌避したのだとすれば
鶏も犬も失せたいまわの時に
食らったものは同じく
迫り来る暁闇から斑となってあふれる末期の雪だ

26　海の陰画——萬福寺

昼下がり　人の退いた回廊は
はりつめた引き潮の浜のようだ
今朝の　そして古えの雲水たちの
無数の手と足が磨きつづけたチーク材の明るい浜が
堂から堂へつづいてゆく
海は遥かとおいのに　海の気配が濃く立ち込める
吊り下げられた木の怪魚は煩悩に苦しみながら
いつか泳ぎだすためにひそかな水の呼吸をやめない
大きく反り返る唐様の屋根の先端で
見えないものが遥か外つ国を呼んでいる
風鐸と鴉の羽がふるえるそこに立てば

時間の声を聞くことも出来るだろう
風は　今なおひしめく透明な波濤であるだろう

約二百五十年前　印可《いんか》を受けにやってきた絵師も
渡来僧から道号と僧衣を授かるのを待つあいだ
この艶めく浜に座し　汗を拭きながら
ひんやり身を包む大屋根の不思議な気配を感じていたろう
目をつむれば屋根の上で空は海　波は生き生きと煌めき
風鐸は玲瓏とした響きで鳴り
鴉は漆黒の羽から虹を放ちながら飛びたったろう
どんな魔物もここでは静かに風に還される

まだ見ぬ新たな絣絵が始まっていた
生まれ育った市場を守ろうと走り回るさなか
われ知らず心が求めていたものが
回廊で待つ絵師に明かされ始めた

群鶏が騒ぐような日々に慌ただしく踏み荒らされ
白無垢の命の絹地が破れそうで
絵筆を握れなかった歳月を振り返れば　瞼がずんと重い
何もかもを脱ぎ果てた魂は傷だらけの裸体である
やがて回廊の果てから法主《ほっす》が現れると
思わず赤子の声が喉元からほとばしりでた
〝花や鳥の命は描き尽くしました
これからはその命をこの身で生きたいのです、ほっさま〟
意味の分からない異国語の真実を　高僧は一瞬で感得した
みずからが着ていた僧衣を脱ぎ
跪いていた「弟子」にそっと差しだした
驚いた絵師は僧の裸身の眩しさに打たれ
目を伏せつつ受け取った
抱きしめると布はかぐわしく　いとおしく鼓動する
この見えない海の中では何もかもが蘇るのだろう
見つめる僧のまなざしの在処は高く高くなる

宇宙の彼方でひらく慈眼　打ちくだかれる言葉
絵師は胸の辺りで真っ白な蓮葉の掌を広げた
一滴の青が降って来た　空をふうわり揺らがせて

一礼し踵を返して総門をくぐると
またたくまに二百五十年の輪廻は過ぎて
今、絵師は花開こうとする蓮である
いつからか未来は過去の陰画となり
今ここはあてどなく彷徨う色のない船のようだ
絵師は真っ白な花となって咲いたかと思えば
すぐに蝶に変じて花から花へ舞い
やがて不可視の炎に焼かれる京の町を渡って消えていった
だが戦を知らなかった絵師の花や蝶や鳥への鮮やかな祈りは
戦の予感にふるえる無彩の都市を色糸のように縫いつづける
小さな実一つにさえ紅の永遠を封じ込めた筆先は
この見捨てられた時の拡がりを

どこかで統べてくれている
やがて月面のように死せるこの時間の海に
曇り空を裂いて　輝く南天の命がふいに轟き降りてくるだろう

27　共に立つ夜―伏見人形図

火の日　四条河原町交差点のマルイ前に
集う人々の背後に人形たちが現れる
都の大火は歴史の彼方へ鎮められたが
人形たちはまちの辻々に散らばった　埋み火を拾っては食らい
二百年を超える命を繋いできたらしい
火の日　つむじ風が夜の始まりを告げると
胸に火をかき立てられて人間たちは集まる
七体も忽然と現れ　影のように共に立つ
だが火の声を放つ者たちが気づくことはない
（まして鬼茨のまなざしを　幻想またたく中空に彷徨わせる
狐面の通行人は）

人間は色鮮やかなプラカードを掲げ
人形は古色の軍配を楽器のように抱く
今を生きる人間は怒りと悲しみをあらわに訴え
見えない人形は目をほそめ布袋様の微笑で挑む
よりよい世を願う流儀はことなれど
かれらは一瞬入れ替わりもするほど同じなのだ
人形さえもそれに気づかず
煌々と明るい今に向かい　漆黒の義の声を放っている
人間はふと首を傾げ目をこすりつつ　ふたたび
子供を守れ！　今も昔も暗い夜空に共に声々の火を投じてゆく

昔という今、奉行の暴政に立ち向かい幕府に直訴し住民を救った代償に投獄され、相次いで非業の死を遂げた伏見義民七名。絵師はかれらを深く哀悼し穏やかに微笑む伏見人形として幾度も描いた。今という昔、透明な絵師は錦小路からふたたびやってくる。透明な絵筆で人間と人形が共に立つ姿を描き始める。

絵師だけに見える光景。歴史において立つ者は一人ではない、と絵の隅にいまだ巧くない字で款記《かんき》すると、完成した絵を透明な羽のようにふうわりと解き放つ。またつむじ風が起きる。思わず狐面を外してしゃがみ、足元に落ちたビラを拾う人影。不可視の絵は密かな流れに乗り、こうして伝えられてゆくのだ。

28　花々の天—花卉図天井画

闇と血の匂いは消え
戦という冬が終わりを告げた
花たちは遍満してゆく幸福の匂いに誘われ
春を告げる鳥のように山や森から次々飛びたち
町までやってきては　路地につらなる軒先に降りたった
園芸の季節が始まったのだ

不安と悲しみの長い歳月のあと
町にはゆたかな空虚がひんやり揺蕩い始めている
青空に向かってそよいでいるのは
生き延びた者の手　また手

いつしか刀剣から離れた男たちと
男たちの武運を祈らなくなった女たちの
持て余した手のむれが花を呼んでいる
花々は寂しい手に蝶のようにまとわりつかれ
飼い鳥のように愛でられ
この世を超えた美しいいきものへと変貌していった
江戸中期というぽっかりとひらいた不安な庭のような時代
花から幸福を作りだすことで生き直そうとした人間の悲しみと
人間を色や香りで癒す花々のおしみない慈愛が
不思議な変化咲きのように絡み合い始めた

*

花々のみちるつかのまの平和の地上から
ほんの少し鳥のように飛翔し　絵師は顔をのけぞらせて描いた
草木国土悉皆成仏

ソーモクコクドシッカイジョーブツ
不思議な鳴き声を放ち　不可視の小さな羽をはためかせ
祈りの力でお堂の中空を浮遊しつつ
前世の記憶を覗き見るように
やさしい円の中に花の魂のあらわな姿態を
八十四年の命を絵筆に込めて描いていた

牡丹の怪しくこまかな蕊
鶏頭の紅いトサカの不穏
水仙の葉の尾羽のゆらめき
仙人掌の無数の目のような棘
百合のつつましい胡粉の祈り

花はその存在をかけて　つねに命の秘密を明かしている
虫のように花の秘部に分け入り
こまかに写し取ることでそれが分かる

描くほどに　花たちがくちずさむ呪文が
老いた絵師の赤子のように無垢な心の耳に聴こえ始めた
鳥も虫も超え　もう花になっていたのか
花の成仏を祈る者は花でなければならないし
やがてきっと花になってしまうのだ
描き終えると天女に変じた花々は
絵師の枯れた体から咲く魂の花をいとおしく抱き取り
ともに空《くう》に還っていった

二百年を超える時が経ち
天井が人の目に触れることはもはやない
花の抜け殻だけがそこにのこされ　時間の風にさらされている
風紋のような木目は静かに瞑目し
この世が花たちに捨てられた
果てしない透明な穢土であることを告げている

29　途上──石燈籠図屛風

この世界は途方もなく欠けている　あるいは　世界そのものがまるごと石燈籠の穴のように欠落している　目をこらして見よ　見るものはみな無数の極微な穴の蝟集と散開によってかたどられているではないか　……ふいに空からひんやり男は知らされる　とうに知っていたと知らされる　いつしか瞼を失った空　空をみたす卵いろの欠如の光　とうに世界は欠けていた　心さえ卵いろに割れていた

だが光は不思議に懐かしい　いつからか男の中で　静かな笑いのように広がっていた光だ　夢にはもう瞼がない　寝ても覚めても　瞳の底はこの光にさらされていたと気づく　とうに気づいていたと気づく　無益なあらがいと思いつつ　男はにぶく頭をふり　指股を鼻緒にぐっと擦りつける　実在の痛みがかすかに目覚め足指をたわめた　だがわれしらず男は光の霧の中の　歪んだ影の霧となってゆく

どこでもあるがゆえに　どこでもない石段をのぼる　どこにでもあるがゆえに
どこにもない無の粒子が　払っても払っても　仙人のように長い髭にまつわりつ
く　次は何百何十何段目か　もう少しだ　あと少しだ　だが何がもう少し　あと
少しなのか　どこでもあるがゆえに　どこでもない石段をのぼりつめれば　無
の魔王を祀る無の社殿があるのか　そこには絵師である男が描き続けた無数の朽
葉の無数の虫食い穴が　生みだした者を今か今かと待ち　報復しようと潮のよう
にざわめいているのか　かつて詩を書く禅僧とともに舟に乗り　真っ黒な無の流
れの果てで不可視の海にもろともに攫われたい　とねがったことを思いだす　無
の社殿の扉を開ければそこは断崖か　無の無の海に飛び込むことになるのか　問
いは問いの粒子　言葉は言葉の粒子　男の影は　生まれた時から世界そのものの
ようにこの世界から欠けているあの茶を売る禅僧の影と　ふうわり重なってゆく

目も耳も　そして心さえも　卵いろの靄へほどかれる　すると今度は石燈籠たち
が目をひらき　耳をそばだたせ　笑いをおしころし始める　ここはどこにもない
がゆえに　どこにでもある　どこでもあるがゆえに　どこでもない卵いろの中

有　すでに男はいてもいない　いなくともいる　絵筆だけが霧にはなりきれず
　刻々と消えてゆく絵師の鼓動を　時間の指紋として点じ続ける　燈籠の御影石
の凹凸にむれなす極微のおたまじゃくしのような命の原形　穴　反穴　反反穴を
　髑髏の黒々としたまなざしを込めて　卵いろの霧に穿つように生写《しょううつし》してゆく

やがて絵筆も粒子となってゆく　だがまだ絵師はここにいる　どこでもあるが
ゆえに　どこでもない無への途上で　欠如としての沈黙と墨の不穏をたたえ　粒
子の絵筆で　甘美な卵いろの空虚を　果てしなくみたそうとし続けているのだ

●終章

30　神の獣の日に──石峰寺・若冲墓所

ときにこの町は
かつて四方を護っていた神の獣たちがふたたびあらわれたかのように
まひる　山の端から
空が不思議にやすらかな光にみたされることがある
こころの天気　だろうか
雨もよいの雲がふいにかがやき
こまかな光のつぶを頰にかんじ
かさなりあう山並みが胸に柔らかに映りだすとき
私の内奥はるか
獣たちが身じろぐ気配がたしかにある

風が吹き　無音の羽ばたきが聞こえた気がした
かすかな幻が消えてしまわぬうちに車を走らせた
記憶の空の明るみの底
自分のはりつめた横顔が現れる
黒いボディにどこからか鶏たちが映り込んだ
さわがしい命につきうごかされ
ナビのさえずりに導かれ
まちの南　絵師の眠る方角へいそいだ
いつしか全ては鳳凰に抱かれて
信号の赤と緑はハート型
余白がしずかに鼓動を始めた

辿って来たのは蝶の道だったか
門前に山桜と紫陽花と鬼百合が満開だ
記憶とは時間の外部なのか
目を凝らせば「竜宮門」から

見えない鯛や烏賊やルリハタが泳ぎ入ってゆく
絵師の死ののち
二百年以上の歳月がここから
途切れることなく流れ込んでいるのだ
今この時の一部として私もまた
友禅の色のように溶けてゆくらしい
「竜宮門」をくぐると
記憶は深くなり　潮のざわめきが聞こえる
竹と風が時間をかきまぜている
おおきな海の気配がする
（この先　もう一つ「竜宮門」をくぐれば　緑の「深海」
亡き「ほっさま」への祈りを込めた「五百羅漢」がごろんと沈む）

都をながめやる仄明るい墓にもう誰もいない
墓石には大盈若冲のゆたかな空虚が沁みている
絵師は今も　みずからの命を生写《しょううつし》した生き物たちの

色遣いや筆捌きに鮮やかに生きている
魅入られる人の命も　命を写され
鳥になったり魚になったりするのだろう
目を閉じると澄んだ空虚が拡がってゆく
ここに
空から神の獣はまたきっとやってくる
華麗に成仏した花々をふりまき
恋慕にくちびるを真紅に染めて
鋭い鳥の異語で
過ぎ去ろうとする世界をもういちどつよくよばわるだろう

●解説

●連作の始まり

二〇一六年から五年半をかけて、江戸時代中期の絵師伊藤若冲《じゃくちゅう》の絵をモチーフに連作で詩を書きました。描かれてから二百数十年後あるいは生誕三百年ほど後に、若冲の絵をめぐって詩を書くこととはどういうことなのか、なぜ自分はそのような試みを続けてきたのかと今も考えます。最初から連作を意図していたわけではありません。一篇一篇、なぜ若冲なのかを考えつつ手探りで書きました。振り返ればそこにはつねに、鮮やかな「神気」あふれる絵に詩を触発されようとする自分がいました。この連作詩は、むしろそのような自分にひそむ欠如をめぐって書かれたものだと言ってもいいかも知れません。この今だから、この私だから若冲だった、と。

思えば始まりは二〇一五年秋のある日曜日、家のインターホンが鳴った時だったのでしょう。休日の昼下がりのこんな時にと思いながらドアを開けると、一人の見知らぬ初老の男性が門扉の外に立っていました。野球帽にリュック。服装の記憶は曖昧ですが、史跡巡りだなと一目で分かる律儀な印象の軽装です。背はぴんと伸ばしていた。「何でしょうか」「この辺りに伊藤若冲さんのお墓があるそうですが、どこでしょうか」伊藤若冲？　あの絵師の？　最近テレビで特集番組をやっていて、京都のどこかの寺にお墓があるのもそれで知っていた。でも南の方だなと思った記憶があります。この辺りでいつもお墓を訊かれるのは、隠遁後文人として名を馳せた某武将だ。もしかしたら間違えている？　だが男性は若冲だと主張します。まだ若冲をよく知らなかった私は、「たぶんもっと南ですよ」と言うしかありません。「えっ、南なんですか」律儀に礼を述べて踵を返した男性は、その後無事伏見区にある石峰寺《せきほうじ》（石峯寺とも表記）に辿り着いたでしょうか。しかしなぜちょうど石峰寺と南北を逆転した位置にあるここに、その人は迷い込んでしまったのか。まさかとは思うけれど、地図を上下逆さまに読むまま辿って来た？　確かに手にしていたのはスマホではなく地図でした。「南ですか」と驚いたその人は落胆の色もなく、ぴんと背を伸ばしたまま元来た道を戻って行ったのですが。

いずれにしてもその時が、それまでは余り関心がなかった生誕三百年のブームのさなかに、「伊藤若冲」の名前が私に刻印された始まりでした。

この詩集のタイトルは「綵歌《さいか》」です。「綵」の字にピンと来る方も少なくないと思いますが、これは若冲が一七五八年（43歳※1）頃から着手し、およそ十年をかけて完成した三十幅の花鳥画の題名「動植綵絵《どうしょくさいえ》」から採っています。安易な発想かも知れませんが、やはり若冲の絵へのオマージュを込めようとすれば、これしかないと思いました。ただ各篇のモチーフは「動植綵絵」の絵に限りません。他にも魅力的な作品がたくさんあるからですが、その時々の自分の気持に合う絵を選んでは、気ままに書いていきました。若冲の絵だけでなく、生涯に起こった出来事に想いを寄せて書いたものもあります。

若冲の「動植綵絵」は、今見ても大変色鮮やかな彩色画です。極上の絵具と筆と絹地を使っているということもあるでしょう。また描かれた動物や植物の姿が生命力にあふれているので、ことさら鮮やかに見えるのかも知れません。若冲は自分の絵は千年後にやっと理解されるだろうと語っていたそうですが、絵の隅々まで遥か未来の人の眼差しを意識しながら描いていたのでしょうか。

しかし覚えておきたいのは、「動植綵絵」は未来や当時の人間にというより、まずみ仏に捧げられたものだったということです。決して未来や現世の世評を獲得しようという野心によるものではなかったのです。そもそも若冲は近代の画家ではなく、あくまで近世の絵師。その絵は、近現代の自閉的なエゴイズムを乗り越えるものを秘めていると思います。

「私は常日頃絵画に心力を尽くし、常にすぐれた花木を描き、鳥や虫の形状を描き尽くそうと望んでいます。題材を多く集め、一家の技となすに至りました。また、かつて張思恭《ちょうしきょう》の描く釈迦文殊《もんじゅ》普賢像《ふげんぞう》を見たところ巧妙無比なのに感心し、模倣したいと思いました。そしてついに三尊三幅を写し、動植綵絵二十四幅を作ったのです。世間の評判を得ようといった軽薄な志でしたことではありません。すべて相国寺に喜捨し、寺の荘厳具《しょうごんぐ》の助けとなって永久に伝わればと存じます。」

（一七六五年にまず二十四幅を納めたときの寄進状より。佐藤康宏『もっと知りたい伊藤若冲―生涯と作品』（改訂版、東京美術）24頁、ルビママ）

「世間の評判を得ようといった軽薄な志でしたことではありません。すべて相国寺に喜捨し、寺の荘厳具の助けとなって永久に伝わればと存じます。」この言葉からも若冲の深い信仰心が窺えるのではないでしょうか。そのような信仰心を根底として動植物を見つめて生写《しょううつし》※2し、それぞれの生き物が放つ「神気」を絵筆に捉え、その生命力あふれる姿をみ仏に捧げようとしたのです。さらに佐藤氏は『動植綵絵』という特別な名称は、動植物を描くことでだれかを供養する綵絵と考えるべきだろう。それはやはり若冲が23歳のときに亡くした父親ではなかったか」（前掲書43頁）と推測しています。つまりみ仏への信仰心と共に、恐らく亡き父親への深い追悼の念をも込めたものなのです。

一方「動植綵絵」が描かれた十八世紀の京都は、経済力の発展に支えられ文化的には華やぎながら、世相は次第に暗く不安なものになっていきました。都市の繁栄のかげで貧窮者は増加し、放火による大火が頻発、洪水や台風や地震などの自然災害、疫病、飢饉、尊王論者が幕府に処罰された「宝暦事件」などが、若冲の心に引き起こした不安が、逆説的にも「綵絵」の美しさと生命力を生みだしていると言えるのではないでしょうか。またその逆説的な輝きこそが、現代に生きる者を、遥かな時を超えてつよく惹きつけるのではないでしょうか。闇と背中あわせの輝き、あるいは闇そのものの輝きが若冲の絵にはあります。「綵」とは若冲の闇と私の闇が一瞬切り結んで生まれた光であり、それこそが詩だったと思えてなりません。

ちなみに本詩集でモチーフとした「動植綵絵」の作品は、芦雁図（1）、南天雄鶏図（2）、梅花皓月図（4）、芍薬群蝶図（12）、老松鸚鵡図（13、14）、雪中錦鶏図（15）、雪中鴛鴦図（16）、老松孔雀図（17）、貝甲図（18）、群魚図（19）、老松白鳳図（21）、菊花流水図（22）の計十二幅です。

※1　年齢は全て数え年。
※2　当時「写生」を「生写《しょううつし》」と言いました。以後この言葉を「生《しょう》を写す」、つまり「生き物の神気を写す」という意味で使います。

●序章

1　霏霏《ひひ》―芦雁図《ろがんず》（一七六六年・51歳※）

この連作は、初めから連作を意図したわけではありませんでした。男性が訪ねて来てからどのくらいが経った頃でしょうか。最初に書いたのは「霏霏」（雪が絶え間なく降るさま）です。二〇一六年になって間もなかったと思います。あるところから作品の依頼があり、部屋で何を書こうか思い悩んでいた冬の朝、ふと後ろを振り返りあっと思いました。いつしか窓の外には暗い空からぼたん雪が降りしきっていたのです。隣地の廃された果樹園から塀越しにこちらへ伸びる枯れ木の枝々には、もう雪がたっぷり降り積もっていました。枝に覆いかぶさる湿った雪は、輪郭が不定形で、練りもののようにところどころ穴がひらき、見た瞬間、あれだ、と思いました。あれ、あれと思ううちに、やがて記憶の奥から浮かび上がって来たのは、若冲の絵の雪でした。今思えば雪の形態は「雪中錦鶏図」の雪に近かったのですが、なぜかその時は、芦に積もった雪を散らして落下する雁を描いた「芦雁図」を連想したのです。そもそも私はいつこの絵を見たのでしょうか。当時は生誕三百年を迎えて、あちこちで若冲の名が喧伝されていましたが、まだ展覧会は見ていません。あるいは私はもう画集を買い、来るべき本物との出会いに備えていたでしょうか。記憶は曖昧ですが、いずれにしても有名な鶏や象の絵より「芦雁図」につよく惹かれていたのは事実です。

「画面のなかに実物以上に大きく描かれた雁は、ほとんど墜落しているとしか思えない。

この異様な描き方に対して、若冲の「死の不安」を見いだそうとする研究者もいる。若冲が「動植綵絵」二十四幅を相国寺に寄進する直前に、末弟の宗寂《そうじゃく》が急死した。それ以後に描かれたと考えられる本図には、そうした若冲の心の動きが反映していると見るわけである。芦の葉や茎のうえに降り積もった雪は、「雪中鴛鴦図」より、その粘液性が徹底されている。」
（狩野博幸『目をみはる伊藤若冲の「動植綵絵」』（小学館）77頁、ルビママ）

「画面のなかに実物以上に大きく描かれた雁」の、「ほとんど墜落しているとしか思えない」姿態に受けた衝撃が、たしかに私の無意識にもずっと鈍い痛みのように残っていました。凍った水面の亀裂とともに。背後を振り返って目に飛び込んで来た「若冲の雪」がその感情のわだかまりに触れ、ふと浮かび上がらせた。そしてそれが詩を書くことで一つの情景へとほどかれていきました。「感情のわだかまり」とは、恐らく雁がその大きさで見せつけた「死の不安」あるいは「死の欲望」です。それは私にも人並みにとうぜんあります。しかし弟の急死を目の当たりにした若冲にはもっと肌身に迫るものとしてあったでしょう。それが二百数十年の時を超え、この絵から雪の質感を介してそくそくと伝わって来ました。詩はそのふるえから生まれた、と言ってみたいのです。

2　紅の匂い――南天雄鶏図《なんてんゆうけいず》（一七六五年・50歳）

「動植綵絵」に収められた「南天雄鶏図」を含む十二幅の絵は、「画面を埋め尽くすようなモチーフの増殖と、画家の情念の噴出と見える造形が特徴的」（佐藤氏、前掲書35頁）です。とりわけこの絵の「黒い軍鶏の攻撃性と赤い南天の実が分裂していくさまとは、まさに典型といえる」（同）と佐藤氏は評します。私もこの絵は若冲の絵の中でも特に生命力に満ちあふれていると思います。

この絵を見た人は誰しも、まず南天の紅の美しさにつよい印象を受けるのではないでしょうか。調べてみると、南天の実の目を射るほどの色は、辰砂《しんしゃ》（水銀化合物の染料）と裏彩色を施すことで生まれているのだと分かりました。南天はその鮮やかな発色によって、黒い軍鶏の堂々とした存在感と拮抗しています。両者は共に、絵の中にはない遥か外部の何かと「闘っている」ようにも見えます。詩にある「一瞬の戦争」という表現は、そのような印象から生まれました。

「紅の匂い」。そう、私にはこの紅がただの色とは思えません。これは「匂い」としか言えないものだ、と思いました。正確には古語としての「匂い」です。以前古語辞典で現代語とは違う「匂い」の意味を知って以来、それは今と昔の感性の違いを象徴する言葉として、私の記憶に刻まれていました。

> 「古語「にほふ」：色がひときわ美しく人目に立つ意。視覚にも嗅覚にも使うが、古くは視覚的な意味が中心であった。「人はいさ心も知らずふるさとは花ぞ昔の香ににほひける」〈古今・春上〉の「匂ひ」は嗅覚の意味で用いているが、これも美しいという意味が中心である。（略、改行）古語で、色彩的な美しさを表すのに「匂ふ」といった動詞を用いたのは、美しい状態をその物の動きとしてとらえたということで、古語での物事のとらえ方の特徴がある。現代語で「匂う」が嗅覚中心になるのは、香りや臭気はその物が源となって発散されるが、視覚的な美しさは人が感じるものであって、その物の動きとは認め難いと考えられるようになったことの結果であって、時代の人のとらえ方が現《ママ》れている。」
>
> （『旺文社古語辞典』第十版、１００８頁）

つまり古えでは色の美しさを、人が主体となって「感じる」ものではなく、物という主体から「発散される」ものとして感じ取っていたというのです。それはまさに、若冲の言う「神気」を感受する、ということではないでしょうか。南天は今でも魔除けとして庭や玄関先に植えられることがありますが、この絵の南天の鮮やかさも、魔除けの力と関っているように思えます。

若冲は、父や弟を奪いながら自分に近づきつつある死を払いのけようという思いで、裏彩色まで施して南天を非現実的なほど鮮やかに発色させたのかも知れません。また軍鶏も闘おうとしています。「赤色巨星」は、やはり「動植綵絵」の一幅である「老松白鶏図」の右上方に一部だけを描かれた赤い太陽をイメージしています。「老松白鶏図」には番いの白鶏が描かれていますが、そのうち雄鶏は赤い太陽に向かって鬨の声を上げています。一方「南天雄鶏図」は太陽さえも絵から押しだし、さらに雌鶏も存在せず、ただ雄鶏だけが黒い体軀を満面にさらして、「偽りの世」を引き裂く声で言挙げをしている——この絵の鮮やかな紅は、私には「匂う」ようにそう「聞こえた」のです。

●第一章

3　髑髏《どくろ》——髑髏図（一七六〇年、45歳）

生誕三百年を迎えた二〇一六年、各地で若冲の展覧会が開かれました。京都市美術館（当時、現・京都市京セラ美術館）でも秋に展覧会が開催され、私も訪れました。その時はとにかく人が多かったです。しかも多くの人はなかなか作品の前から動かず、人気のある鶏の絵などは、人の頭が邪魔をして殆ど全貌を見られませんでした。そんな若冲展で全体像をはっきり見たと言える数少ない作品の一つが、「髑髏図」です。京都から大阪までの舟旅の情景を描いた画巻である「乗興舟《じょうきょうしゅう》」（→6※）の隣に、二幅掛けられていました。※矢印後の数字は全て解説の項目番号。

「髑髏図」も「乗興舟」も共に拓版画です。拓版とは絵柄を版木に彫り、その上に紙を載せて、紙の表から打包《たんぽ》と呼ばれる道具で墨を叩きつけて、凹部の絵柄を白く残す技法です。つまり拓版画では絵柄が左右反転することはありません。また地が黒く描線が白くなるので陰画のようになり、墨の漆黒の艶やかさが生かされます。美術館の片隅で初めてこの画を見た私も、黒の官能的な美しさに思わず引き込まれてしばらく佇みました。贅沢なブラックホールに呼ばれたように。ちなみに若冲は下絵を描いただけで、実際墨付けを手がけたのは職人だったようです。けれどそれは他人任せというのではなく、作品の完成度を追求した絵師としてのこだわりの強さを表しています。

「髑髏図」は「乗興舟」の七年前、一七六〇年に制作されました。一七五八年から始まった「動植綵絵」の制作と時期が重なります。興味深いことに絵師は、「動植綵絵」の色鮮やかな世界とその対極にある墨と余白だけの世界に、同時に挑んでいたのです。

「乗興舟」についての、拓版画の説明も含む佐藤康宏氏の文を引用します。

> 「若冲は、版画においても瞠目《どうもく》すべき業績を残した画家である。彼は、「乗興舟」、『玄圃瑤《げんぽよう》華《か》』、『素絢帖《そけんじょう》』、そして仮に「着色花鳥版画」と呼ばれる揃い、の少なくとも四種類の版画の下絵を描いた。このうち初めの三点は、拓本《たくほん》を取る手法に似ているところから、相見香雨《あいみこうう》氏が拓版画《たくはんが》と名づけた異色の技法から成る（「若冲の拓版画」、『芸術新潮』六巻九号、一九五五年）。通常の木版画とは逆に、下絵を裏返しにせずそのまま版木に当て、余白ではなく描線の部分を彫ってへこませ、彫り終えた版面に料紙を載せ、表から墨をつけていくのである。その結果、彫った図が紙に白く残り、地は墨を載せて黒く輝く陰画《ネガ》のような画面ができあがる。さらにぼかしの技法を併用した「乗興舟」の絵肌の美しさは、木版画の〈黒の技法《マニエール・ノワール》〉とでも呼びたくなるほどだ。」（『名宝日本の美術27　若冲・蕭白』（小学館）54頁、ルビ傍点ママ）

ここで言及されているように、「乗興舟」は黒白の対比に加えてグラデーションが特徴で、友禅染のぼかしの技法が使われています。春の川下りの時空の移り変わりを詩情ゆたかに表現した幻想的な作品です。「髑髏図」は対照的に黒白のくっきりとした対比です。オブジェである髑髏は平面的に絵に貼りついているようにも見えます。それゆえ髑髏の不気味さより、かたちの面白さが際立っています。髑髏を包み込む闇を、果てしなく深める墨の美しさは圧倒的です。じっと見つめていると闇は髑髏を包み込むというより、髑髏から発散されているようにも思えて来ます。さらにそれは何もかもを吸い込む鏡のように輝いているようです。

しかしなぜ髑髏という普通人が恐れるモノを、若冲は対象に選んだのでしょうか。若冲には他にも髑髏を描いた作品がありますが、最晩年に描かれた「野晒図」は、寒々とした死の予感が伝わる非常にもの寂しい墨画です。それに対しこの「髑髏図」は「動植綵絵」を描いている時期に制作されたもの。若冲は45歳で、身辺に色々ありながらも絵師として佳境を迎えていました。そうした状況からも若冲は、髑髏というモノの存在感に魅せられ、そこに死の予感とは反対の、尽きることのない闇の生命力、言わば「ノアールな神気」を感受したのではないでしょうか。

ところで若冲は、髑髏という「オブジェ」をどこから手に入れたのでしょうか。詩「髑髏」の結末では、もしかしたら刑場の近くの竹藪ではないかと勝手に妄想しています。真実はそれこそ藪の中ですが、私の妄想にも根拠のようなものがないわけではありません。ある日若冲の家の菩提寺である宝蔵寺の近くを歩いていた時、ふと道の突き当たりに古い碑があるのが目に留まりました。「山脇東洋解剖碑所在墓地」。山脇東洋は杉田玄白よりも前に活躍した、若冲よりやや年長の医学者です。「墓地」とは誓願寺の墓地。「解剖碑」はその入口に立っていました。中には入りませんでしたが、誓願寺の墓地には山脇東洋とその子孫が解剖した遺体の供養碑があるそうです。

「東洋は丹波亀岡の生まれ。山脇玄修に学んで養子となり、後藤艮山《こんざん》に古医方を学び、実験主義を提唱した。宝暦4年（1754）、死刑《ママ》人を解剖し、その成果を「蔵志」と名付けて刊行した。有名な杉田玄白の解剖は明和8年（1771）で、それに先立つこと17年、わが国初の医学的解剖である。その後も山脇家では解剖を重ね、その遺体14柱の供養碑がこの墓地にある。日本医学史上の記念すべき供養碑といえよう。中京区新京極三条下る桜之町　誓願寺墓地」

（京都観光オフィシャルサイト「京都観光Navi」より、ルビママ）

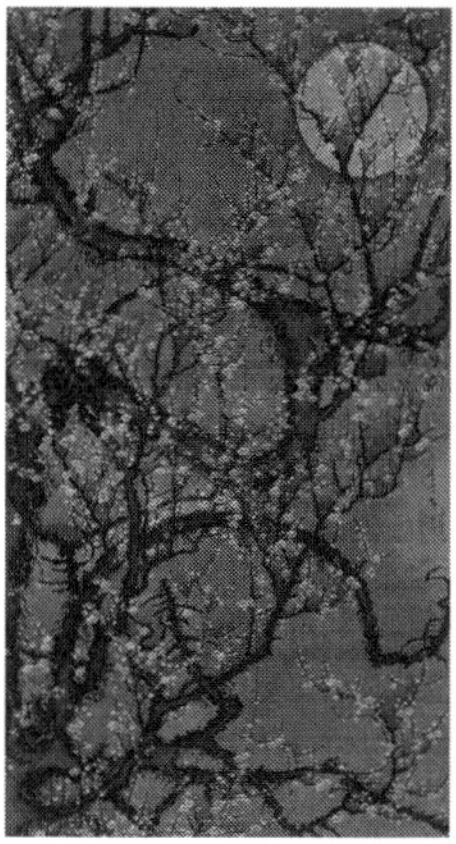

若冲の生きていた時代、この墓地には解剖された罪人たちの骸が埋葬されたのでしょうか。そうだとすると晒し首にされたであろう頭蓋骨も埋葬されたのでしょうか。それとも不思議な縁で、放置されたそれがある時ふと絵師の足元に転がって来たとしたら。そして「髑髏図」が生まれたとしたら――。この碑を発見して以来妄想は深まっています。

最後にエクスキューズです。詩の冒頭に「闇に繁茂する真白き花々を描き終えた絵師は」とありますが、この「花々」とは『玄圃《げんぽ》瑤華《ようか》』の花々を指しています。つまり時間的に『玄圃瑤華』の次に「髑髏図」に取りかかったことになりますが、事実は反対です（『玄圃瑤華』は一七六八年、「髑髏図」は一七六〇年）。気づいた時にはすでに時遅し。花々を描いた疲れから髑髏へ向かった、という流れは動かせませんでした。つまりこの一篇は時間の順序も含めてフィクションです。なおこの画には売茶翁（→7）による「一霊皮袋　皮袋一霊」という賛があります。「皮袋」は肉体（死後は髑髏）。つまり魂とは髑髏そのものである、という意味でしょうか。

4　絵師の木――梅《ばい》花《か》皓月《こうげつ》図《ず》（一七六一年、46歳頃）

この絵はその凄絶さで私に突き刺さって来ました。画面いっぱいに這い回る暗く凄みある梅の古木の、のたうつ触手とみまごう枝たち。梅の梢ごしに皓々とかがやいてこちらを窺う月。そして不穏な月の光に花弁を透かされ、浮遊する力を与えられたかのような梅の花たち。若冲が40歳の時にこの絵と全く同じ構図の梅と月を、花鳥風月の美意識に従って描いた「月梅図」と比べれば、その差は歴然としています。両作の間の六年間に若冲の内面に一体何があったのか、と案じてしまうほどの画境のちがい。一七五五年、40歳の時に若冲は次弟に家督を譲り、絵に専念する生活が始まります。その三年後「動植綵絵」に着手。一七六〇年制作途中の動植綵絵を、売茶翁（→7）に絶賛され、「丹青活手妙通神《たんせいかっしゅのみょうかみにつうず》」の一行書を贈られる。そうした事実から想像できるのは、絵に専念することによる芸術意識の深まりと、それゆえ時に味わったはずの苦悩です。制作のゆきづまりや自己の才能への疑い、自己と世界の不条理、さらに生を虫

食い穴のように侵す死の意識――。そうした日々の苦悩をむしろ糧として生まれたこの絵は、月も梅の枝も花も、人間の眼差しを見返すような異様な美しさです。
　画題にある「皓月」は「皓々と輝く月」。この絵にもとづき詩を書こうとすると、「皓々《こうこう》」という音がおのずと聞こえて来ました。「光が闇を梳る」「深い無音」として。（なぜ月の光る様子を「コウコウ」という音で表現するのか、とても不思議です。）ところで太陰暦を用いた江戸時代には月は日常的にも重要な存在で、市井の人々にとっては時間を司る神のような存在だったでしょう。この絵にも、月への畏怖の感情が表現されているようです。詩「絵師の木」は、若冲のふるえる眼差しを想像して言葉を重ねています。世界の実相を「見てしまった」罪。それを贖うために絵師は枯れ木のシルエットとなり、地獄へ落ちてゆく――。もちろんフィクションですが、一人見つめる月の光にはそんな怖さがたしかにあります。

5　天南星《てんなんしょう》―玄圃瑤華《げんぽようか》（一七六八年、53歳）

『玄圃瑤華』は、「乗興舟」（→6）が作られた翌年に刊行した拓版花鳥画帖です。「乗興舟」や「髑髏図」（→3）と同じ拓版画の技法を用いた48点が収められています。「玄圃瑤華」の「玄圃」は仙人の住む場所、「瑤華」は玉のように美しい花のことです。つまり「玄圃瑤華」とは、仙人のように隠遁暮らしをする住まいの庭に咲く美しい花々、という意味でしょうか（若冲は自身のアトリエを「独楽窩《どくらくか》」（独り楽しむ穴蔵）と名付けていました）。「髑髏図」同様、花々の白い絵柄と漆黒の地のコントラストが見事で、着色画とはまた違った幻想的な美しさです。葉には若冲の絵に特徴的な虫食い穴がひらき、漆黒の眼窩のようにこちらを見つめています。この画の主役はじつは虫食い穴かも知れません。「かれら」はまるで「宇宙から宇宙へ」瞬時にめぐる「無の使い」のようです。下絵と板刻までは若冲の手によるものですが、この詩で設定したように打包《たんぽ》で打つことにまで携わったかは不明です。

　この画帖でモチーフとされた植物は、日常的によく見かけるものから珍しいものまで様々で

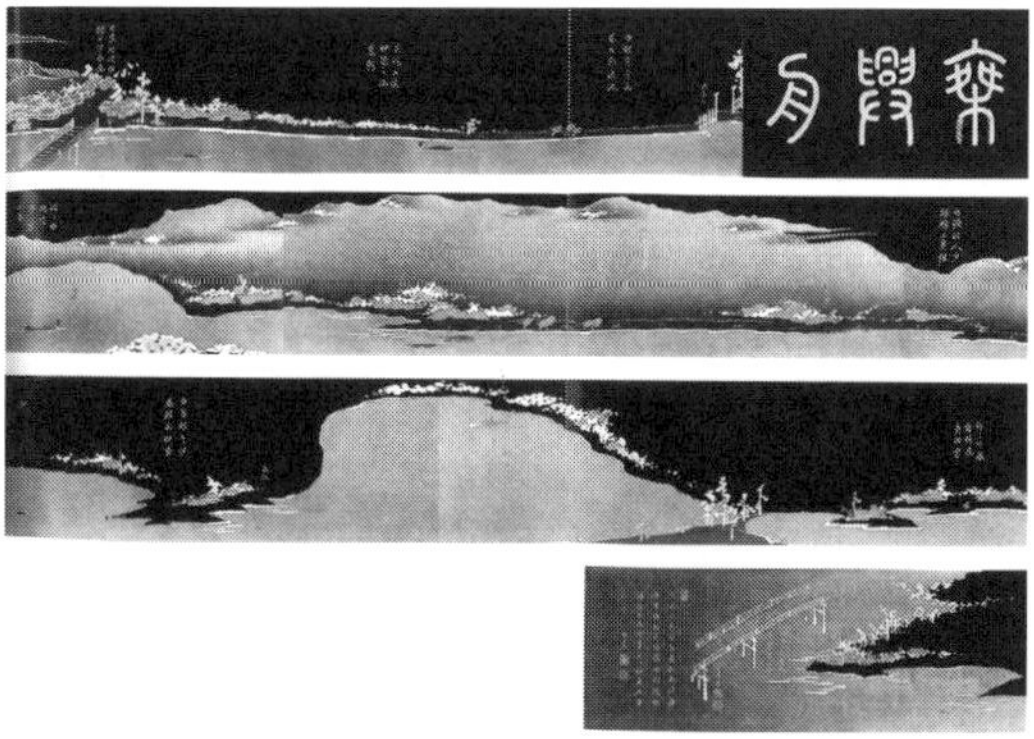

す。「天南星」は珍しい部類かと思いましたが、日本の山野に幾種類も自生していると知りました。毒を持つものもあり、球根の変化によって性別も変わるそうです。初夏に蛇が鎌首をもたげた形で花を咲かせます。この花のどこか不穏な感じが若冲好みだったのではないでしょうか。この画では、襲いかからんとするかのような天南星の花の下で、蝦蟇が困った顔で身動きがとれません。まさに「蛇に睨まれた蛙」です。

6 澱河《でんが》—乗興舟《じょうきょうしゅう》（一七六七年、52歳頃）

「乗興舟」については詩「髑髏」の解説（→3）の中で、「髑髏図」と比較して少し触れました。二〇一六年の京都市美術館での展覧会で、「髑髏図」と並べられたこの画巻は、墨の漆黒の圧倒的な美しさで私を惹きつけました。空が漆黒なのでその時はてっきり夜の情景かと思いましたが、この絵に記された詩からじつは朝から夕方にかけての川下りの情景と分かるのです。全長11メートルを超える版画巻であるこの作品では、空はどこまでも漆黒であり、陸は白または淡墨のぼかし、川は月光を反射するかのような明るい階調で表現されています。この作品を日中の情景として見ようとすると頭が混乱して来ます。いえ、頭というより知覚が混乱するのです。空と川だけの白黒反転ならばまだしも、その間に陸が挟まれ、岸辺や山襞に友禅染めのようなぼかしが入れられている。見ているうちにどちらが川か陸か次第に判然としなくなってゆきます。岸辺には白抜きの木々や家やよく見ると人まで描かれている。丸い点々で描かれた木々は桜のようですが、雪を被っているようにも見えます。この絵には見る者に昼を夜とみまがわせるだけでなく、桜を雪、春を冬と錯覚させるような仕掛けが施されているのです。見る者の感覚がどちらともつかず最後まで宙吊りになるように、友禅の技法を駆使して世界を反転させつづける非決定性が、この作品に甘美な詩情を生んでいます。

> 「《乗興舟》は大典と若冲との春の日中の船旅の記録である。従って、雪もなければ月もな

い。（略）しかし、百花繚乱の春景色が一面の銀世界に重なり、黄金の落日に照らされた水景が瞬時に月の輝く夜景に転じる発想は詩の常識である。」

（池澤一郎「《乗興舟》における詩と画との交響」『若冲ワンダフルワールド』（新潮社）128頁）

ここで「詩」と言われるのも、言い換えれば「世界の非決定」ゆえの魅惑でしょう。「見渡せば花も紅葉もなかりけり浦の苫屋の秋の夕暮」という藤原定家の歌も思い浮かびます。またこの画には、共に舟に乗っていた大典顕常《だいてんけんじょう》が、刻々と過ぎてゆく岸辺の「百花繚乱」の風景を眺めて舟の上で即興で書いた詩句が、各地点の中空に若冲の手によって書き入れられています。出発点である伏水（伏見）の上方の「黒い青空」に白抜きで記されている詩が印象的です。「舟程《しゅうてい》　霽気《せいき》に逢《あ》ひ　春日《しゅんじつ》　清波《せいは》に照《うつ》る」。この詩の意味は池澤氏によれば、「船出は好天気に恵まれ、春の陽射しがきれいな川波に映っている」です。漆黒の空は春の青空であり、白い川は陽射しに輝き、岸辺には桜が満開であるという「事実」。けれどこれが冬の夜であるという「感覚」を見る者はどうしてもぬぐえない。旅の終わりまで春と冬がどちらも非現実的なものとして重なり合い反転しあう。昼と夜、春と冬、闇と光の重なりと反転の一瞬に生まれる、甘美にくるおしい非在への解放感――。

「亡者の城」は淀城を指します。陸が輝いて、まるで幻の海のような充溢した空虚感をたたえ、その結果河のほうが幻の岸辺となって見えてくる錯視。それはまさに生が死へひそかに反転する、あるいは生と死が浸透しあう「詩」の感覚です。

ところでこの版画に詩を寄せたのは、川下りを共にした大典顕常です。一七一九年生まれ。若冲よりも三つ年下の、若冲の絵の最大の理解者であり親友でもあると言われる相国寺の禅僧で、すぐれた詩人（漢詩人）でもありました。若冲が相国寺に建てた寿蔵（生前の墓）の碑文は若冲という人物を知る上で重要な文章ですが、それを書いたのも大典です。11歳で得度し、その学才を認められ寺内の地位も順調に上がっていった大典は、40歳の時に寺を離れ学問や詩作に打ち込みます。43歳で詩集を刊行し、46歳の時には大坂で朝鮮通信使と筆談や詩の贈答を

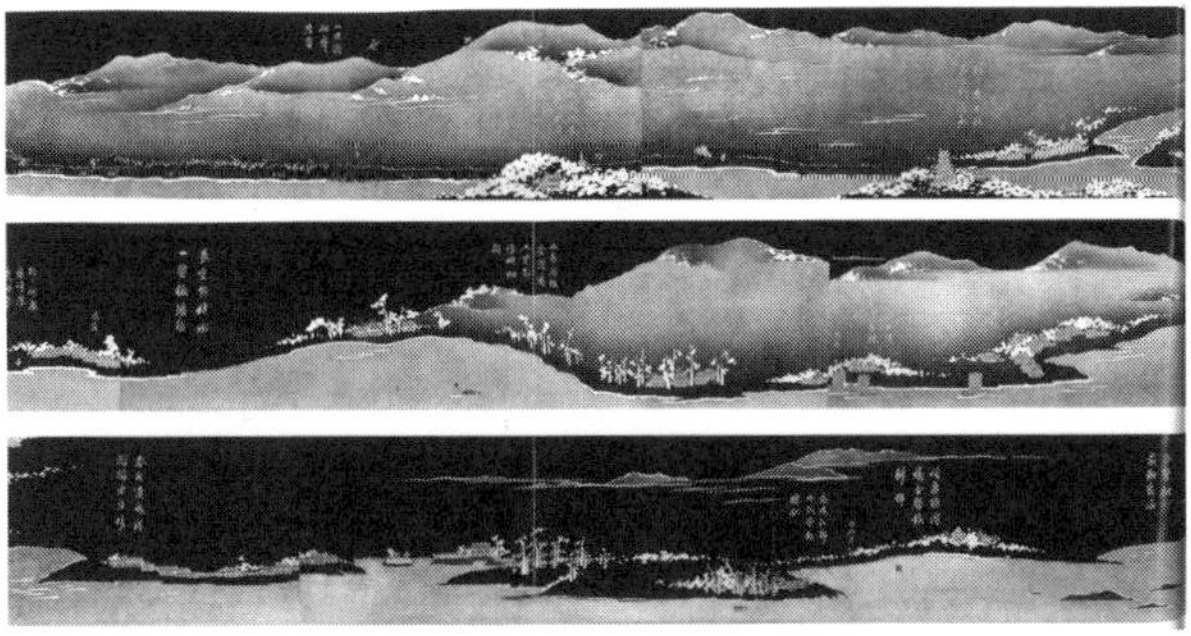

行いました。またこの「隠遁」中、若冲をはじめ様々な文化人と交流を深めます。53歳で相国寺に戻り、その後相国寺住持となり、五山碩学《せきがく》及び朝鮮修文職《しゅうぶんしょく》にも任ぜられ、62歳で2年間対馬で任務につき、朝鮮外交の主役として活躍します。その後天明の大火で焼失した相国寺の再建や典籍の再収集に努めます。以後も朝鮮外交について幕府に助言したり、五山の財政再建に尽力しつつ、仏教・儒教・漢詩などの注釈書、そして自身の漢詩文集も多数著します。一八〇一年示寂。享年83歳でした。（『江戸漢詩選5　僧門』末木文美士・堀川貴司・注（岩波書店）325—330頁）

若冲の親友はやはり凄い人物です。大典の詩才は、彼が「藤景和画記《とうけいわがえのき》」という詩文集の中で若冲の「動植綵絵」の各絵に付けた題名と解説としての詩からも窺えます。例えば「老松鸚鵡図」（→13）を解説する詩の中に「一松虹臥」という詩句があります。鸚鵡が止まる松を「虹が臥す」と捉えた感性は、とても鋭敏です。対象が放つ見えない光に、詩のプリズムをあてて表現しています。大典という詩人との交感があったからこそ、若冲は新鮮な絵を描きつづけることが出来たのではないでしょうか。

「澱河」は「淀川」のことですが、かつて蕪村の「澱河歌《でんがか》」でこの表記を知った折、綺麗だなと感じました。キラキラした夜の銀河のようなイメージです。ちなみに俳人蕪村は淀川の下流に位置する毛馬という村で生まれました。若冲と同い年でしたが、若冲とはまた違う作風のすぐれた絵師でもありました。

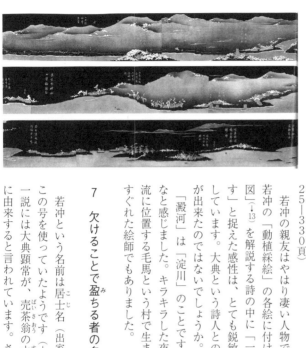

7　欠けることで盈《み》ちる者の名—大盈若冲《たいえいじゃくちゅう》

若冲という名前は居士名《こじ》（出家をせずに仏門に帰依する男子の名）です。一七五二年以前からこの号を使っていたようです（→年表）。この名前が付けられた経緯ははっきりしませんが、一説には大典顕常が、売茶翁《ばいさおう》の水注《すいちゅう》（煎茶道で使われる水差し）に書いた銘文中の「大盈若冲」に由来すると言われています。さらにその「大盈若冲　其用不窮」は、「老子」の「大盈若冲

（大盈は沖しきが若きも、其の用窮まらず）から来ているそうです（ただし「沖」の字は水注では「冲」）。「真に満ち足りているものは空虚に見えても、その働きは尽きることがない」という意味です。ちなみに売茶翁は、日本の煎茶道の祖でもある禅僧です。後に若冲の「動植綵絵」に感嘆して「丹青活手の妙、神に通ず」という一行書を贈ります（↓4）。売茶翁、大典、若冲は同じように鋭い感受性を持っていたのでしょう。

前述の水注の銘の全文は「去濁抱清　縦其灑落　大盈若沖　君子所酌　丁卯之夏日　東湖散人　望子糺林水涯」。詩の一行目「丁卯《ひのとう》之《の》夏日《かじつ》」はここから採りました。意味は「一七四七年の夏の日」。「東湖山人《とうこさんじん》」は大典。「糺林《きゅうりん》水涯」は下鴨神社糺《ただす》の森の川辺ですが、ここはじつは私の大好きな場所です。糺の森には清らかな小川が流れていて、とりわけ真夏に原生林の緑が水に濃く映るさまは、心をしんと静めてくれます。森のざわめきとせせらぎの音を聞いていると、不思議な小宇宙に包まれるようです。「若冲」の名が生まれたその日、売茶翁と大典が茶を呑むのに、あの場所はまさにふさわしいと思います。詩では、当の若冲はまだ絵に専念はしておらずなぜか家の庭にいて、名が生まれる現場に立ち会ってはいないのですが、そのおよそ十年後に描き出す「動植綵絵」の予感を背中だけは感じていた、という設定になっています。

●第二章

8　神々の檻──樹花鳥獣図屏風《じゅかちょうじゅうずびょうぶ》（制作年不明）

「樹花鳥獣図屏風」を初めて見たのは、若冲の生誕三百年の展覧会を特集したテレビ番組でだったように思います。10万を超える方眼の一つ一つに一辺1センチ余りの小さな正方形を描き、さらにその内部に小さな正方形を濃い色で描き込んで構成した、巨大な屏風絵です。「枡《ます》目《め》描《が》き」と呼ばれるその超絶技法に、出演者たちは凄い凄いと口を揃えて感嘆していました。それは遥か江戸時代に、今のデジタル技術の先駆けのような試みをしていてスゴイ、というものでしたが、その賛嘆にどこか違和感を抱いたのを覚えています。かれらがまるで自分とは違う絵を見ているように。しかしデジタル性だけに注目していては見えなくなるものがこの絵にはあります。

この屏風絵について佐藤康宏氏は、彩色に粗さが目立つという理由をあげて、若冲自身は下絵のみを描き、彩色は弟子たちによるものと推測しています（『もっと知りたい伊藤若冲―生涯と作品』（東京美術）72―73頁）。一方「枡目描き」の技法を用いた点について狩野博幸氏は、染織あるいは織物の下図として制作された可能性を指摘しています。実際若冲は西陣の織物商と交友関係にあったそうです（『伊藤若冲大全（解説編）』91頁）。それに対し小説家の黒川創氏はこの「枡目描き」の視覚効果は、織物のそれとは違うと小説『若冲の目』（講談社）で主人公に語らせています。若冲は自然を精密に模倣する次元を超え、まるでカメラで見るような「世界のありようのリアリティ」に到達していたのだ、と（２１５―２１６頁）。

いずれにしても「枡目」はただの意匠ではないと私も思います。きっと何かもっと内面的、精神的なものであるはずです。若冲の資質や境遇だけでなく、江戸中期の人間の心性はまだまだ宗教的傾向もつよかったことなどを考え合わせても、ただ意匠の面白さを追い求めただけの絵とはどうしても思えません。

この屏風絵のモチーフは紛れもなく非現実の世界。麒麟や猩猩《しょうじょう》や唐獅子といった想像上の生き物や、当時日本ではなかなか見られなかった虎や象もいる。鴨や馬の泳ぐ満々とした青い水はとても幻想的です。遠目からはこまかく網を入れられたように見える絵は、霞む目で見た極楽を思わせます。

ある展覧会で中世に描かれた「仏涅槃図」を見た時、そこに描かれた涅槃の境地に入り横たわるお釈迦様を見つめる動物たちを見てハッとしました。白象、猩猩、唐獅子、虎、馬、鴨――「樹花鳥獣図屏風」に描かれている動物たちがそこにいたのです。両者の動物たちは姿形がよく似ていましたが、大きな違いもありました。「仏涅槃図」の動物たちはお釈迦様の入滅をとても悲しんでいる様子で、特に白象は身を伏せながら頭を上げ、口を大きく開き声を上げて泣いているようでした。それに対し「樹花鳥獣図屏風」で動物たちは思い思いの方向を向いていて、とても楽しそうです。一方白象はしっかりと立ち、こちらをじっと見つめています。動物たちのこうした類似と相違から、次のように推測出来ないでしょうか。この若冲の屏風絵は中世からの涅槃図の系譜を意識して描かれたもので、動物たちの種類も姿形も涅槃図の伝統に則ったものである。だが若冲はお釈迦様の入滅を悲しむ様子ではなく、むしろ祝福する様子を描くことを試みた。それは絵師自身が幻視した「極楽」の風景でもあった――。しかしたとえそうだとしても、象がこちらを生真面目に見つめているのがやはり気になります。涅槃図ならば象の視線の先にはお釈迦様がいます。一方若冲の絵ではそれは今絵を見ている者になる。もしかしたら若冲は象の眼差しによって、絵の前に立つ者を仏として敬おうとしたのでしょうか。だが象は警告しているようにも思える。遥か未来に向けて、もはや仏を敬うことを忘れた者たちにその心の危機に気づくようにと。もちろんかなり無理のある推測かも知れません。

詩「神々の檻」は、青物問屋（各地の生産者から野菜を買い取って、仲買や小売の商人に売り渡す商売）に生まれた若冲が夢想にふける少年だった時代に、長崎から京都に来た白象を見に行ったという設定です。もちろんそんな事実があったかは不明ですが、この詩では、少年の孤独な眼差しによって、象の哀れな姿から「この世ならぬけものたち」の気が誘いだされます。その後大人になり「動植綵絵」を描き終わった絵師の心の空洞に、かつての魔物たちは再び現れます。それらを捕らえるための「神々の檻」として、枡目描きという「不思議な狂気」が絵師に生まれた。そして絵筆は「構成のエネルギー」に身を任せていく――。もちろん私が勝手に想像したストーリーです。一方末尾の三行「小さな正方形一つ一つに未知の怒りをたたえ／さらにその内側に色濃い極小の心臓を／いまだつづく危機の信号としてちかちか鼓動させている」はこの絵を見た時の感覚を表現しました。方眼の枡目の中にあるさらに小さな正方形は、極小の心臓のようにも卵のようにも思えます。それが絵の生命の実体として鼓動しうごめくように見えるのです。

「枡目描き」という超絶技法が、入滅がもたらす悲しみを、細かな枡目を作ることで反転させ、

喜びへ向かわせる試みだったとしたら。現実の悲しみを小さな枡目一つ一つにフリーズさせ、総体としてこの世ならぬ喜びを解き放つ仕掛けだとしたら——。

あらぬ想像が許される詩という「檻」の中に、絵師の心を捉えてみたかったのです。

9　空白の燦《さん》——月《げつ》夜《や》芭《ば》蕉《しょう》図《ず》（一七五九年、44歳）

この絵は、鹿苑寺大書院の「三の間」の床に描かれた水墨画です。この大書院が建立されてからずっと襖絵は描かれないままだったそうです。その襖と床と壁に絵を描くという大役を、若冲が任されることになりました。まだ一方では色鮮やかな「動植綵絵」を描いていたのですから、その創作意欲に驚かされます。全五部屋ある大書院の各部屋に、竹や鶴や叭々鳥《はっかちょう》や葡萄などの画題をダイナミックに描いています。この絵は現在相国寺の承天閣美術館で常設展示されています。同美術館を訪れるたびに私はこの絵につい見入ってしまいます。絵の保護のために照明は暗く、目の悪い私には見づらいですが、本物の持つ存在感は圧倒的で、暗がりに屈む絵師の気配さえ感じるようです。

この絵は芭蕉の葉の濃淡を巧みに変えつつ、この植物の生命力を荒々しく描きだしています。耳を澄ませばざわめきさえ聴こえてくるよう。ちなみに芭蕉はその葉の破れやすさから、当時死を意識させて不吉に思われた植物でもあったようです。一方で破れた葉を、勇敢な武士の生傷にたとえることもあったそうです。

印象深いのは、芭蕉の葉に一部を隠された満月です。よく見ると、葉に隠された部分は月の輪郭が消えています。葉の裏には何もない。つまりこの月は本当に満ちているのか、あるいはそもそも存在しているのかは、非決定になっているのです。そのような月の描き方と、この絵が禅寺の書院に描かれていることとは、関係があるのではないでしょうか。そういえば「満月」を「盈月」と言うことがあります。若冲という号は「大盈は冲しきが若く」という「老子」から生まれたものでした。

10　蘿蔔《らふく》と西瓜—果蔬涅槃図《かそねはんず》（一七七九年～一七八二年、64歳～67歳頃）

「果蔬涅槃図」もまた、二〇一六年に京都市美術館で開かれた若冲展で、初めて出会った一幅です。その時はなぜかこの絵の前に佇む人は少なく、記憶の中では自分だけが向き合っていたようにさえ思えます。淡い墨と濃い墨だけで描かれたこの墨絵は、色鮮やかな「動植綵絵」を見た後の目を、ひんやりと吸い寄せるものがありました。仏の涅槃図を果実や野菜で描いたパロディとも言えますが、私にはおかしみよりも無彩の厳粛さと静けさの方が優っているように思えました。二股の大根の余白による白は目に眩しく、野菜の墨の濃淡からは生々しい水っぽさが心に触れてきました。

涅槃に入った仏である大根を嘆き悲しむ動物に見立てた、果蔬たちの墨の濃淡は哀切でありながら華やかで、「かれら」の息遣いやざわめきが無音のまま伝わってきます。じっと見ていると小さな果蔬までもが、感情を持って身じろぎするような生命感に心を打たれます。

野菜や果実の名前を確認していくのも楽しいです。玉蜀黍や柿や蕪や冬瓜といった身近なものに交じって、小さな芋虫みたいなチョロギもいます。これは最近薬効が注目され、店頭に並んでいることがあります。遠い日に味わったカリッとした歯応えが蘇ります。若冲の時代にもあったのだなあと思うと、何だか嬉しい。食感や味覚は時空を飛び越えるのですから。

若冲の実家の青物問屋では、当時は珍しかったものも並んでいたのでしょう。「果蔬涅槃図」には松茸や慈姑や百合根なども描かれています。絵師は手に入るかぎりの滋養あるものを写生し、大根の入滅を荘厳しようとしたのです。

佐藤康宏氏は『若冲伝』の中で、この絵は一七七九年に80歳で亡くなった母を供養するために描かれたのではないかと推測しています。また「二股大根」は女性の隠喩（生殖・豊饒の寓意）になりやすいとのこと。それゆえ「この画が母の死を記念すると同時に、その成仏と引き換えに青物問屋がいっそう繁栄するよう願いを込めている、と当時の人が理解するのは自然だったろう」（191頁）と述べています。

そのように青物問屋の繁栄の願いを込めた亡母への供養としてこの絵を見てみると、紙に塗り残された余白は輝きを増すようです。水をたっぷり含んだ淡墨の部分には、もしかしたら若冲の涙も混じっているかも知れない、というのは思い過ごしだとしても、贅沢な詩的想像をこの絵は与えてくれるのです。

なお「蘿蔔《らふく》」は大根の漢名で、仏教の言葉としても使います。この絵が母への供養のために描かれたのだとしたら、ただの「大根」は描く者の深い祈りの中でたしかに、厳かに白く輝く「蘿蔔」となっていたでしょう。画の左下隅の、淡墨の果蔬たちの背後から蘿蔔を見つめるくろぐろと塗られた西瓜には、母を見つめる子の思いがこめられている気がしてなりません。

11　風の廃墟―墨竹図《ぼくちくず》（一七五九年、44歳頃）

この画は、風に吹かれる竹の葉と幹を描いた水墨画です。筆を巧みにすばやく使うことで、葉のざわめきと煌めきが見事に紙に生捕りにされています。いわば「風の生写《しょううつし》」でしょうか。若冲は「動植綵絵」の彩色画を描いているさなかに、このような美しい水墨画を描いていました。墨と余白だけの絵なのに枯淡の境地とはとおく、艶やかな官能さえ感じさせます。また同時期に若冲は、鹿苑寺大書院にやはり水墨画で障壁画を描いています。その中にこの「墨竹図」と描き方のよく似た「竹図」があります。大書院の各部屋に描かれた動植物は、「月夜芭蕉図」(→9)に描かれた月の光に照らされる構図になっているという見方もありますが、もしかするとこの「墨竹図」の竹を煌めかせているのも月光なのかも知れません。そう想像するとおのずと「廃墟」というイメージが生まれました。「世界が風のための純白の廃墟であることを」。この絵の余白は、月面のように荒涼としつつも純白な廃墟のようです。

●第三章

12　陋室《ろうしつ》の蛹—芍薬群蝶図《しゃくやくぐんちょうず》（一七五七年、42歳頃）

「芍薬群蝶図」は、「動植綵絵」の中で最も初期に描かれたものとされています。若冲の絵の中では特にこの絵が好きだという人も少なくないようです。私もこの絵が好きで、画集で見るたびに絵に吸い込まれてゆく気分になります。芍薬のもとへ浮遊するように降りてゆく蝶たち。蝶たちを恋い焦がれるように見上げながら、美しいけれどどこかけもののような獰猛さを秘め、下方で待ち構える芍薬たち。蜜を求めてやって来る蝶は花たちの罠に掛かってしまうのでしょうか。もしかしたら蝶たちは花に食べられてしまうかも知れない——そんな不穏な気配がこの絵にはあります。

この絵には不思議な引力があります。上部にひらいた余白の大きさや下方の芍薬たちの溢れる生命力、そして降りてゆく蝶たちの奇妙な浮遊感のせいでしょうか。蝶たちは降りてゆくというより落下してゆくようにも見えます。つまりどこか不自然な降り方をしているのです。

詩の中の「ぴんと展翅されたすがた」というのは、標本箱で羽を広げた胴体に虫ピンを刺された姿のこと。この絵で描かれた蝶たちは実際飛ぶ蝶を写生したものではなく、標本のスケッチをもとに描かれていると推測されます。「動植綵絵」には、鶏など「生写《しょううつし》」されたものと、鳳凰など想像上の生き物を中国画を参考に描いたものがありますが、さらに標本のスケッチから生まれたものもあります。例えば波の触手が伸びる浜辺にたくさんの貝が散らばる「貝甲図」（↓18）や、様々な種類の魚たちが皆目を見開き同じ方へ泳いでゆく「群魚図」（↓19）は、どちらも現実にはあり得ない光景です。前者の貝は「芍薬群蝶図」と同じく標本を、後者の魚は、魚屋の店先で売られていた魚を買って来て描き写したと思われます。

「芍薬群蝶図」では蝶たちはとても不自然に落下してゆきますが、この絵の魅力はむしろその非現実感自体にあると思います。死せる蝶たちを金泥色の地に施す配置において、絵師がど

れほど神経を凝らしたかが、絵のアウラのように伝わって来ます。
なおこれらの蝶たちのうち、最も気になるのは、絵の半ばよりやや上の虚空にいる黒揚羽です。一番大きな蝶ですが、どこかで見覚えがありました。どこだったか。しばらく考えると分かりました。「芦雁図」(→1)の、凍った池の水面に落下する雁です。やや角度は違いますが、落ちてゆく感じや翅の色が似ているように感じたのです。あの雁の、目を見開き叫びを上げるような死の不安が、この蝶たちにも込められているのでしょうか。そう思ってあらためてこの絵を見ると、なおいっそう蝶の浮遊感は増し、花たちは獰猛にざわめきます。
詩のタイトルにある「陋室」は、この絵に記された「平安城若沖居士藤汝鈞《とうじょきん》畫於錦街陋室《きんがいろうしつ》」という款記から取ったもの。「藤汝鈞」は若冲の別名、「畫於錦街陋室」とは京都の錦街にある自分の部屋で描いた、という意味です。その「陋室」でこの絵はどのように生まれたのでしょうか。詩を書きながら、二百五十年の時を超え創造の時空に一瞬触れた気分になりました。もちろん錯覚あるいは幻想ですが、そもそも若冲の絵自体が深く豊かな幻想であり、今この時において詩を触発して止まないのです。

13　一松虹《いっしょうこう》臥《が》・14　旅絵師―老松鸚鵡図《ろうしょうおうむず》（一七六一年、46歳頃）

二〇一六年春、承天閣美術館で前年から行われていた若冲展で私が見たのはこの絵ではなく、初公開の「鸚鵡牡丹図」でした。松の下で咲き誇る牡丹と、どこかを遠く見つめる一羽の真っ白な鸚鵡。盛り上げられた黒い漆の目は、照明の光に切なく煌めいていました。目は明らかに絵の外を見ている。漆の煌めきは、遥か南方の故郷を想う鳥の悲しみを見る者にひそかに訴えかけるようでした。「老松鸚鵡図」の実物も他の若冲展で見たはずですが、人混みに埋もれていたからか記憶が曖昧です。「鸚鵡牡丹図」はその前に一人で佇みゆっくり見られたので、はっきり記憶に残っているのでしょう。しかし画集で見る「老松鸚鵡図」の鸚鵡たちは、より深い悲しみの感情を私に感じさせるのです。

「一松虹臥」は、「老松鸚鵡図」に親友の大典が寄せた漢文の解説（『藤景和画記《とうけいわがえのき》』）にある言葉。この絵で二羽の白い鸚鵡が止まる湾曲した松の幹は、目のごとき斑紋を持つ未知の生き物のようですが、詩を書く禅僧はそれを「虹臥（虹が臥す）」と捉えたのです。ところで「松に鷹」は長寿と権力の寓意で絵にもよく描かれますが、「松に鸚鵡」という取り合わせは奇抜です。つまりこれは、若冲の時代に寓意というものが破綻し始めていたことを象徴する絵ではないでしょうか。

「旅絵師」の後半の詩「ユキ」は若冲の鸚鵡に、藤田嗣治の絵に登場する裸婦を重ねました。裸婦とは、二〇一八年秋に京都で開かれた「没後50年藤田嗣治展」でしばし見とれた、「裸婦像　長い髪のユキ」です。モデルは三番目の妻リュシー・バドゥ。藤田と別れた後彼女は詩人ロベール・デスノスと再婚しています。「ユキ・デスノス＝フジタ」という名でも知られます。抜けるように白い肌を持っていた彼女に、藤田は「ユキ」という日本語の愛称を付けました。この裸婦像の温かみのあるふくよかな乳白色の肌は、私にふと若冲の鸚鵡の羽を想起させたのです。ちなみにこの展覧会で、藤田が世界を旅して絵を制作する自身を「旅絵師」と称していたと知りました。そのこともまた、乳白色の下地に細い墨筆で輪郭を描いた藤田の絵に、若冲の絵と共鳴するものを感じた一因かも知れません。

15　鳥の悲しみ──雪中《せっちゅう》錦鶏図《きんけいず》（一七六五年、50歳頃）

この絵に私は特に惹かれながら、なぜ惹かれるのかをなかなか言葉に出来ないでいました。枝葉に積もる雪の柔らかさや、降雪または積雪から散る雪の繊細さ、そして何よりも絵の中央で枝に止まり天を見上げる雄の錦鶏のたたずまいと表情は、ただならぬ孤独を感じさせます。一体この絵の世界では何が起こっているのでしょう。よく見ると雄の錦鶏はとても悲しそうです。瞳は凍りついたような灰色です。こぼれでようとした涙を凍りつかせたまま、悲しみに耐えているのでしょうか。（そばに雌の錦鶏がいますが、全く無視されています。）絵の世界は溶けか

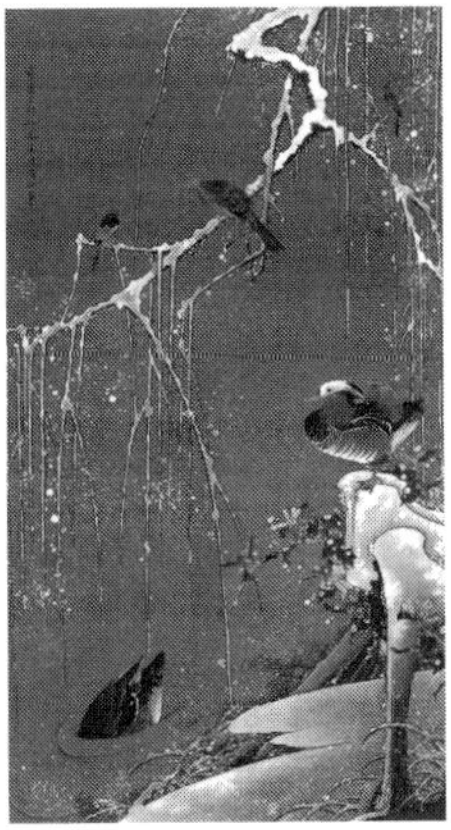

けているようにも、溶けかけて再び凍りつこうとしているようにも思われます。つまりこの絵には冷たさと同時に熱さも感じられるのです。また施された超絶技巧にも驚かされます。佐藤康宏氏によれば、この絵では吹きつけられた胡粉の箇所以外は、絵の具同士が全く重なり合っていないというのです。「複雑な曲線を描いて入り組む積雪とアスナロと椿とは、絹の平面上で完璧に塗り分けてある。」（『もっと知りたい伊藤若冲―生涯と作品』44頁）つまり積雪の下に枝葉は描かれておらず、絵の具を落とせば絹地の空白がぽっかりひらいているだけなのです。降雪のまるい一片一片もその裏には絹地があるだけ。あるいは雪の裏は宇宙の真闇であり、ふりしきる雪片は「小さな無」の反転かも知れない。そのような存在と無の仕掛けもあいまって、この絵には非現実的な魅力が生まれているのではないでしょうか。遍満する鳥の悲しみは絵を超えて、今を生きる私の庭にもいつしか浸透しているのかも知れません。

16　鴛鴦《えんおう》の果て―雪中《せっちゅう》鴛鴦《えんおう》図《ず》（一七五九年、44歳）

「鴛鴦」はおしどりのつがい（鴛は雄、鴦は雌）。仲むつまじい男女のたとえにもなります。鴛鴦は普通は寄り添って描かれますが、不思議なことに若冲は、この絵だけでなく他の鴛鴦図でも、鴛鴦を引き離して描くのです。しかも雌だけが池の水に潜り、雄は池の畔に立ちあらぬ方を冷淡に見ている。その構図だけでも胸騒ぎがするのに、「動植綵絵」の一幅である「雪中鴛鴦図」にはさらに、裏彩色を駆使し奥行き深く繊細に描かれた雪によって、凄絶な雰囲気と臨場感が生まれているのです。区別を失った空と水の暗さも禍々しく、雄の大きな黒い目には感情がない。自閉し何も映し出さないブラックホールのようです。もしかしたら水に潜っている雌は、雄によって突き落とされたのかも知れません。池の水もどこか沼めいていて。雌はそこにはまり込んで身動きが出来なくなっているのでしょうか。つねならぬ構図を持つこの絵は、私の想像をあらぬ方へ誘ってゆきます。雄の足元に咲く赤い山茶花は、嘲るような笑い声を立てているように思えてなりません。柳の枝の上の地味な色の三羽はきっと雌で、同じく雌の私

をちらっと見た気がした――。

ちなみにこの詩は、石庭で有名な龍安寺の鏡容池《きょうようち》をイメージして書き進めました。僧や門前道も、龍安寺の記憶を重ねています。若冲の生きた時代に、鏡容池は鴛鴦の名所だったそうです。その事実を知ってから、散策するたび鏡容池の畔の各所にある、木の枝が水面に突きだした場所が気になるようになりました。遥かな冬の朝この池の畔のどこかに絵師が佇み、鴛鴦を生写《しょううつし》していた――そう想像すると風景がふいにいきづいてきます。

17 時間の悲歌―老松孔雀図《ろうしょうくじゃくず》（一七六一年、46歳）

美しく不穏な絵です。大典は「藤景和画記《とうけいわがえのき》」で、「動植綵絵」の初期の十二幅にそれぞれ題をつけて批評していますが、この絵には「芳時媚景《ほうじびけい》」という題を付けています。「芳時媚景」とは「香り高い時刻、麗しい風景」という意味でしょうか。時刻が香る、風景がうるおう、とはとても詩的な発想です。この絵が時間と深い関係があることを意識してあらためて見ると、確かに「時間という不穏ないきものがふと身じろぐ」気配を感じます。美しい孔雀は歌いかけて歌えない。その孔雀を食らわんと牡丹の花を従えて暗い松葉たちが迫る――。この絵は美しいのにどこか悪い夢の世界のように思えてならないのは、私が二百六十年後の今を生きているからでしょうか。それとも二百六十年後も、この絵が生々しい今の今を生きているからでしょうか。

18 ひとすじの長い青灰色の水の腕―貝甲図《ばいこうず》（一七六五年、50歳）

この絵は恐らく、大坂の友人木村蒹葭堂《けんかどう》から見せられた貝の標本を写生して生まれたものでしょう。京都の外へは殆ど出ることがなかったと言われる若冲は、海を見たことはなかっただろうという説があります。もしそうであれば、さまざまな珍しい貝はその目にどのように映っ

たのでしょうか。一方海を見たことがあろうとなかろうと、海は当時の人々にとってまさに異界そのものだったはず。つまり貝とは異《い》なるもの、人の支配が及ばない化外から来た奇妙なイキモノ。絵師の目にだけ、貝たちは鶏たちのような騒がしい命をひそかに晒したのかも知れません。

19 瑠璃《るり》ハタ—群魚図《ぐんぎょず》(一七六六年、51歳頃)

「群魚図」で描かれている魚のモデルは、絵師の居宅のすぐそばの錦市場に売り物として並んでいた魚なのでしょう。鯛や鯖やイカやフグなど、今の私たちにもお馴染みのたくさんの魚が各種一匹ずつ、みな同じく斜め下に向かって泳いでいます。絵の左下にあたかも群れを導くかのようにして、やや小型の薄茶の筋を持つ黒に近い濃紺色の魚がいます。瑠璃羽太という魚です。実物は鮮やかな黄の筋をもつ輝くような瑠璃色の体をしています。最近の科学的な調査によって、若冲はこの瑠璃羽太の体色に、十八世紀初頭にドイツで開発された顔料であるプルシアンブルーを使っている、という事実が判明しました(「若冲の科学」『日経サイエンス』二〇一七年十月号、詩の中の引用部分もここから)。十九世紀にこの顔料は浮世絵に革新をもたらしますが、それよりもずっと以前に、日本で初めて若冲はプルシアンブルーを使ったことになります。若冲がプルシアンブルーをどこから手に入れたのかは分かっていません。この詩では「貝甲図」の場合と同様、大坂の友人でコレクターでもある木村蒹葭堂から「ほい」と手渡された、という設定です。

「群魚図」の瑠璃羽太には今なお謎が残っています。せっかく鮮やかなプルシアンブルーで塗ったにもかかわらず、若冲は最終的になぜ黒く塗りつぶしてしまったのか、つまり「なぜルリハタを瑠璃ハタとして鮮やかに描いたままにしておかなかったか」という疑問です。詩の後半では謎に少しだけ挑んでみました。

20　ブルー—青の行方

若冲が「群魚図」で初めて使ったプルシアンブルーは、その後どうなったでしょうか。詩「瑠璃ハタ」を書いてからその行方が気になっていました。そんな時ふと、美術館「えき」KYOTOで開かれていた月岡芳年《よしとし》の展覧会を見に行きました。芳年は、若冲が亡くなって約四十年後、一八三九年に江戸に生まれた浮世絵師です。歌川国芳から影響を受け、武者絵や物語絵を生涯描き続けました。幕末から明治初年にかけての不穏な世相の中で制作した「血みどろ絵」あるいは「無惨絵」の絵師として知られます。とりわけ30代に描かれた残酷な殺人場面をモチーフとする連作が有名ですが、その中でも一八六八年に起きた上野戦争（上野寛永寺に立てこもった彰義隊と新政府軍の戦い）に取材した作品を含む「魁題百撰相《かいだいひゃくせんそう》」は、目を覆いたくなるような連作です。自決した死者や討ち取られた首、さらには勝った者さえ血だらけです。芳年は戦争直後、まだ死屍累々の血生臭い戦場を取材して描いたそうです。つまりそれらの絵は戦争の地獄をそのまま生々しく写し取っているのです。

さてプルシアンブルーですが、若冲以後、広重や北斎といった浮世絵師は、版画に適したこの美しい青を使って制作してゆきます。芳年の青もこの絵の具でしょう。ただ同時に芳年は赤には鮮やかな洋紅を使い、さらには膠で血糊の触感まで表現しています。展覧会で私が見た時も血の部分は照明にぎらついていてとてもリアルでした。芳年の青が広重や北斎の青と比べてどこか暗い印象なのも、紅＝血の気配とどこか照らし合っているからでしょう。血が補色としてある青、戦争の予感をたたえた青とも言えるでしょうか。芳年の「ぎらつくまなざし」は、その先の先に起こる世界戦争さえ見据えていたのかも知れません。

21　危《あぶ》な絵—老松《ろうしょう》白鳳《はくほう》図《ず》（一七六六年、51歳頃）

この美しい絵にはいつ見ても魅入られます。胡粉の白と金泥色の地があいまって、豪奢であ

りながら透明感のある白鳳は赤い唇めいた嘴をひらき、歓喜の声を発しているようです。先端に緑と赤のハートを付けた尾羽はまるでうごめく植物です。詩「危な絵」は、この白鳳がもし恋する若冲の理想の自画像だったら、という想像の下で書きました。詩で思いびととして登場させたのは、若冲の「最大の理解者にして親友」（佐藤康宏『もっと知りたい伊藤若冲―生涯と作品』7頁）である、相国寺の禅僧大典。先述したように（↓6）大典は詩人でもあり、「藤景《とうけい》和画記《わがえのき》」で「動植綵絵」の作品について詩的な解説をつけています。また画巻「乗興舟」（↓6）は若冲画、大典詩のコラボです。二人は美しいものに対する鋭敏な感受性を共有する詩人だったと言えるでしょう。

22 意匠と死―菊花流水図《きっかりゅうすいず》（一七六六年、51歳頃）

「動植綵絵」の中でも異色の作品です。蛇行する灰青色の川と、打ち上げ花火のように中空に咲く大輪の菊と黒ずんだ葉々、溶けているような岩（太湖石）が、不思議な絡まり合い方をしています。無重力のようだとか光琳風だという評もあります。たしかにこの絵の蛇行する非現実的な川は、光琳の有名な「紅白梅図屏風」とデフォルメの大胆さという点で似通うものがあります。もちろん技法や発想は違いますが、どちらも水と花が窮屈な現実をぬぎすてて、抽象あるいは意匠の自由を獲得しています。しかし「紅白梅図」の水は暗色でもみなぎる生命力を感じさせるのに対し、「菊花流水図」の水の青灰色は秋の衰弱と死を思わせます。狩野博幸氏はこの絵について、菊が「男色の隠喩」であることから、「若冲の心の奥底にある性的な欲望が、意外にナマな感じで出ているのではなかろうか」（『伊藤若冲大全（解説編）』64頁）と捉えています。一方佐藤康宏氏は「菊の下を流れる水を飲むと長寿が得られるという故事を踏まえるか。菊は亡き父と末弟への献花か」（『もっと知りたい伊藤若冲―生涯と作品』53頁）と推測しています。思えば性は死と深く関係するものです。51歳頃のこの絵は、意匠的であるがゆえに死と直接に向き合っているのかも知れません。このような絵が、43歳頃から描かれ始めた生命

力あふれる「動植綵絵」の終わりに位置することには、きっと意味があります。さらに、やはり51歳の時に描かれた「芦雁図」(↓1)の墜落する雁に表現された「若冲自身の死に対する恐れ」(佐藤氏、前掲書50頁)と同質のものが、この絵にはあるのだと感じます。

●第四章

23 贈与の刻・24 女たち鶏たち—仙人掌群鶏図《さぼてんぐんけいず》(一七八九年、74歳)

天明の大火(一七八八)後に描かれた絵です。応仁の乱以来のこの猛火によって、73歳の若冲は錦街の住まいを焼かれます。京都の町の大半は灰燼に帰し相国寺も焼けますが、「動植綵絵」は奇跡的にも無事でした。焼けだされて向かった大坂の地で、若冲はしばらく西福寺《さいふくじ》(豊中市)に身を寄せます。その間に同寺の檀家に襖絵を依頼され、この「仙人掌群鶏図」を描きました。まばゆい金地に描かれた雄鶏と雌鶏は、夫婦喧嘩もしつつ互いをいたわり、雛と卵を守っている。依頼主の希望を取り入れたモチーフだと思いますが、妻帯せず家庭を持たなかった若冲にとっては新境地の絵です。今も驚くほど鮮やかな絵の具の色は、当時はもっと眩かったそうです。大火によって陥った窮乏から立ち直ろうと、若冲は全生命を込めてこの絵を描いたのでしょう。絵に記された「斗米菴米斗翁《とべいあんべいとおう》」という号は、生計を得るために絵一枚を米一斗分の代金で売っていたことを意味します。僅かな代金で茶を売った売茶翁(↓7)に倣ったと言われます。大火は若冲の運命を変えました。これまでは自分の好きなように描いてきたのに、生活のために描かなくてはならなくなった。この境遇の変化に若冲は苦悩したはずです。けれど「米」という語を号に入れたのは自嘲からではないでしょう。「米」の一字に若冲は、米は金や銀以上に尊く純白な命の源であるという意味を込めていたのではないでしょうか。新たな人生の出発の地でこの絵を完成させた時はどんなに嬉しかったことでしょう。しかもそこは大好きな鶏が鳴く素朴な村。空から「ライスシャワー」を贈られた気持になったかも知れない、などと詩を書きながら想像しました。なお絵の煌めく金地は尾形光琳を連想させますが、すでに「動植綵絵」後半期の絵に光琳の影響があるようです（→22）。若冲の生年と光琳の没年は奇しくも同じ一七一六年、享保元年という時代の大きな変わり目となった年です。元禄文化を代表する「画家」または「御用絵師」光琳は、まだ金銀の王朝的なきらびやかさを信じて描いていた。けれど「町絵師」若冲が生きたのは、経済の発展がすでに矛盾をもたらし社会不安も高まり始めた時代でした。火山の噴火や冷害といった自然災害による凶作、飢饉と打ちこわしも相次ぎました。そのような時代の中で、若冲にとって絵を描くことと精神的な危機とは無関係でなかったはず。同じく金地に描かれたこの二人の絵を見比べると、根本的な違いを感じます。ちなみに「仙人掌群鶏図」の裏に描かれた「蓮池図」は、表とは打って変わって余りにも物悲しい水墨画で、全てを失った悲しみを絵を描くことで昇華しようとするような繊細な筆致に胸を打たれます。絵がそのまま詩となっているようです。

「女たち鶏たち」は二〇一七年十一月三日、大阪府豊中市にある西福寺に「仙人掌群鶏図」を見に行った時のことを思い出して、書きました。この襖絵は毎年この日だけ公開され、また生誕三百年の翌年ということもあって大変盛況でした。半時間も並んで待ったでしょうか。もう十一月というのに大変暑い日でした。待ちながらぼんやり一本の木を見上げていると、上の方の葉っぱに三つの大きな空蟬が並んで張り付いているのが目に留まりました。輝く太陽の下でそれらは、なぜか古代エジプトで神聖視されたスカラベのように見えました。思い返してみると、並んでいたのは女性が多かったように思います。私が見に行った他の若冲の展覧会でも、お客さんの多くが女性でした。若冲の絵にはとくに女性を惹きつけるものがあるのでしょうか。そうだとすればそれは、若冲の絵が生命力に溢れ、性を超えた生きとし生けるものの官能性に満ち満ちているからではないでしょうか。

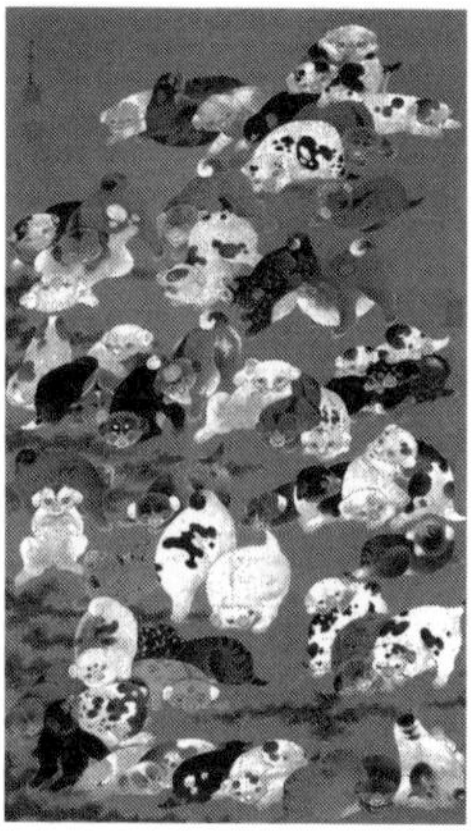

25　末期の雪―百犬図《ひゃっけんず》（一七九九年、84歳）

たくさんの仔犬が戯れるこの絵は、「群鶴図」に似た騙し絵の趣向です。体がとろけるように重なり合う犬たちの正確な数はよく分かりません。犬が余りに可愛げがないので、数えようという気力もおのずと失せてしまいます。体の斑模様は若冲特有のあの虫食い穴を思わせ不気味ですし、何より目つきが狡猾です。詩「末期の雪」は、犬たちのそのような不気味な印象から生まれました。「公方」とあるのは、犬公方《いぬくぼう》と呼ばれた徳川綱吉。絵の「閉ざされた解放区」に繁殖する犬たちは、「生類憐れみの令」で保護された犬たちを連想させました。福田千鶴『徳川綱吉―犬を愛護した江戸幕府五代将軍』（山川出版社）によれば、綱吉の時代、例えば江戸の中野には10万匹の野犬を収容するため、16万坪に犬小屋が設置されたというように、犬は手厚く保護されたそうです。若冲の絵は「生類憐れみの令」から約九十年後に描かれたものですが、綱吉と若冲は、生類を憐れむという点で、どこか共有するものがあったのでしょうか。また天明の大飢饉（一七八二～一七八八）では全国各地で打ちこわしが起こりましたが、一七八七年、江戸では一説には「米がないなら犬を食え」という町奉行の発言をきっかけに、町人の怒りが爆発し大規模な打ちこわしが始まりました。ちなみに若冲が焼けだされた天明の大火はその一年後。大火が放火だったことも思い合わせれば、当時の社会がいかに不安に満ちたものだったかが分かります。

26　海の陰画―萬福寺《まんぷくじ》

一七七三年、58歳の時、若冲は黄檗山萬福寺第二十世の伯珣照浩《はくじゅんしょうこう》から印可《いんか》（師がその道に熟達した弟子に与える許可）を受けました。その際伯珣は若冲に「革叟《かくそう》」という僧号と共に、自分が着ていた僧衣を脱いで与えます。それまでも若冲は「若冲居士」という在家信者の号を名乗り、妻帯せず肉食を断つ生活をしていましたが、ここであらためて本格的に禅宗に帰依する

ことになったのです。そのように大きな決断をしたきっかけになったのは、一七七一年末に起こった騒動でした。若冲の実家のある錦高倉市場を、ライバルの五条問屋町市場が廃止に追い込もうと企んだのです。若冲は十六年前家督を次弟に譲り、当時絵を描くことに専念していましたが、一転、筆を置いて市場を救おうと駆け回ることを決意し、問題解決のために身を粉にして動きます。いざとなれば命がけで幕府に訴える覚悟だったようです。また敵は、おまえの実家のある町だけは営業させてやると誘惑しましたが、若冲はきっぱりはねつけます。市場の記録文書には若冲の名前が何度も出て来るそうです。市場の再開が果たされ騒動が終わったのは、一七七四年の八月末。つまり伯珣から印可を受けたのはそのおよそ一年前です。なぜ、いつそんな決心をしたのかは分かりません。しかも印可を受けるまで若冲と伯珣は会ったことはなかったのです。本で読んだ仮説なども織り交ぜて想像をすると、経緯は次のようになるでしょうか。若冲はこれまで接することのなかった人間の欲や悪意にさいなまれる日々の中で、荒海を渡ってきたすぐれた渡来僧の噂をふと耳にして一条の光を感じ、会いたいという純粋な思いを募らせていった。そして海を渡るような覚悟で、まだ見ぬ「師」に会いに萬福寺にやってきた。印可を受けようと思ったのは、その道中だったかも知れません。とすればそれはあまりに無謀で衝動的な行動です。しかし初対面の伯珣は、言葉は通じなくとも鋭敏な眼力で、若冲の苦悩と決意を一瞬で見て取った。そしてすぐにみずからの衣を脱いで渡した――。以上は想像ですが、あまりに感動的な一場面です。その時僧衣を受け取ろうと差しだした絵師の掌は、心と同じく真っ白な蓮の葉のようだったのではないでしょうか。市場騒動だけでなくこの印可においても、若冲がただの隠遁絵師ではなく、いざという時には自分の純粋な心を信じて行動する、本物の芸術家だったということが分かります。次の27でも、そんな一面に触れました。

27　共に立つ夜―伏見《ふしみ》人形《にんぎょう》図《ず》（一七九九年、84歳）

若冲は40歳代から晩年に至るまで数多くの「伏見人形図」を描いています。伏見人形とは、江戸時代に伏見稲荷の参道で売られ始めた郷土玩具。胡粉で白く下塗りし、泥絵具で色を着けた素朴な土人形です。今も土産物として売られています。絵で生計を立てた晩年の若冲は「伏見人形図」も売るために描いたかも知れませんが、そもそもこの人形の素朴さに惹かれていたのでしょう。詩「共に立つ夜」がモチーフとするのは、最晩年に描かれた、七体の人形が列をなして並ぶ絵です。可愛い布袋様が並んでいる（あるいはトコトコとこちらへ来る気配さえある）様子を描いたものです。七体である理由を狩野博幸氏は次のように推測しています。

「若冲が石峯寺の裏山の石像建立に足を運んでいた天明五年（一七八五）、若冲七十歳（加算では七十一歳）のとき、伏見奉行や役人らの暴政に立ちあがった伏見町人の代表たちが江戸表へ訴え出て勝訴したが、町人たちにも当然のごとく犠牲が出る。牢死《ろうし》したもの七人は〝伏見（天明）義民〟としていまにいたるも土地の人びとの尊崇を受けている。」「若冲の画題のジャンルのひとつに伏見人形図がある。」「そのなかに布袋《ほてい》を描いたものがあって、単体の場合と複数の場合があり、複数の図では七人の布袋が描かれていることが多い。「七布袋」は画題として通常のものではあるが、若冲が七人の布袋に別の意味をこめた可能性を指摘しておきたい。少なくとも伏見の人びとにとって「七人」は、あるときから格別の意味をもち始めたはずである。」「若冲にとって、いや若冲であればこそ「伏見義民事件」の「七人の町人」はひとごとではなかった。」（『若冲』（角川ソフィア文庫）２１５〜２１６頁、ルビ傍点ママ）

26でも触れたように、一七七一年から一七七四年、若冲は錦高倉市場が存続の危機にあった時、すでに隠居の身でありながら町年寄として奉行所や役人との交渉に奔走しました。そのお陰で結局市場は再開を許されましたが、若冲は最悪の場合には伏見義民のように、江戸で幕府を相手に交渉する覚悟もあったはず。つまり死をも覚悟しての行動だったのです。十年後「伏見義民事件」の報に接してかつての記憶が蘇り、事件にことさら憐情と共感をそそられたに違いありません。やはり若冲はただの隠遁絵師ではなかった。生き物の神気に迫る絵筆の力は、うちに秘めた反権力の意志と深く繋がっているのです。

現在、四条河原町の旧京都マルイの前では、様々な社会問題を訴えるアクションが行われています。火の日＝火曜日の夜は、子供の権利回復を求める声が響きます。繁華街とはいえ今もどこか暗い京都の夜闇にまぎれて、歴史の「埋み火」が蘇り、伏見人形たちが現れ人間たちに声を合わせます。その「共に立つ」光景を、錦小路からやって来た「透明な絵師」が、「透明な絵筆」で描くのです。

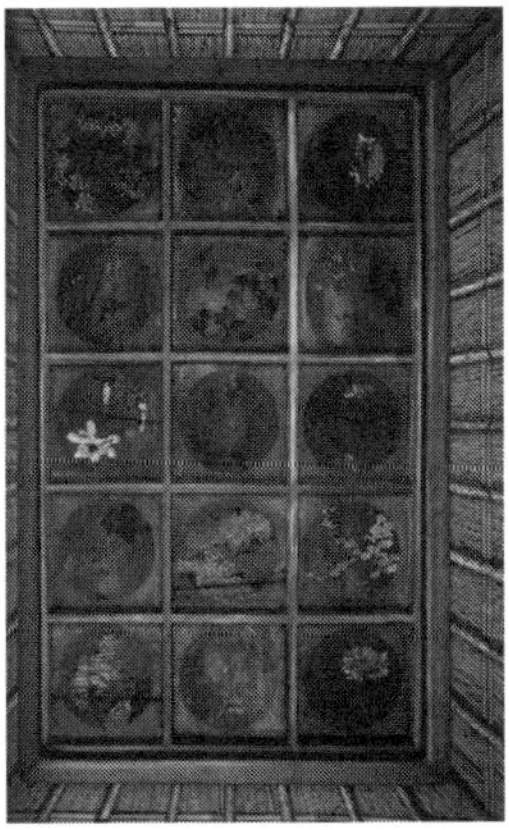

28　花々の天—花卉図《かきず》天井画《てんじょうが》（一八〇〇年、85歳頃）

この天井画は、若冲が最晩年に伏見にある石峰寺《せきほうじ》の観音堂のために描いたものです。60種類の草木が167枚の円の中に描かれています。今は東山仁王門にある信行寺の本堂外陣の格天井を飾っていますが、残念ながら現在では非公開で、私も見たことはありません。ただ大津市の義仲寺《ぎちゅうじ》翁堂《おきなどう》の天井にある「花卉図」（複製）は見ました。こちらは15図ですが、信行寺のものと共に石峰寺の観音堂を荘厳《しょうごん》していたという見方があります。『若冲の花』（辻惟雄編、朝日新聞出版）は、信行寺の花卉図を詳細に解説し、義仲寺の花卉図についても触れています。

天井に咲いているのは、成仏を遂げた花々です。円の中に収めるために、花々は歪められたりたわめられたりしていますが、それはむしろ花々が成仏を遂げて自由を得た歓びの表現。生涯をかけて仏教への帰依を深めた若冲は、人生の最後に「草木国土悉皆成仏《そうもくこくどしっかいじょうぶつ》（草木・国土など心を持たないものにも仏性があるので、人間と同じように成仏する）」という仏教思想にもとづき、敬虔な祈りを込めてこれらの花々を描いたのです。弟子の力も借りつつ年老いた体に鞭を打って。

なお『若冲の花』でも言及されているように、若冲の生きた江戸中期には園芸の流行が始まります。やがて治世が安定し人々が豊かになる江戸後期には、園芸は爆発的なブームを迎えます。若冲の時代の人々の花いじりを想像すると、どこかまだ壊れそうな危うい平和の中で鳥のように花々を呼んでは愛でている、たくさんの不安げで寂しそうな「手のむれ」が浮かんできました。

29　途上—石燈籠《いしどうろう》図《ず》屏風《びょうぶ》（一七八三年～一七九四年、68歳～78歳頃）

晩年に描かれたこの絵は、初めて見た時不思議な既視感を覚えました。何度見ても遠い記憶が呼び起こされる気分になります。ここは見たことがある。でもどこなのだろう。私は京都に住んで長いですが、三方を山に囲まれたこの町にはこの絵のような、小高い山の上から町を見下ろす神社や寺はいくつもあります。あるいは絵にある山なみは、いつも散歩する丘から見える景色に似ている気さえします。今は住宅地のその丘には、明治以前は大きなお寺があったそう。もしかしたら、とあらぬ妄想に誘われて歩みを止めたりします。

石燈籠や石柵を点描で描いたのは、石の質感を「生写《しょううつし》」したかったからでしょう。つまり若冲にとって石もまた生きていた。点は形も濃淡も一つ一つ違っています。硬い石も無数の生きた点から出来ているのです。あるいは点はもしかすると「極微な穴」であり、点＝穴から出来ている世界は「無」の集合体であり、あらかじめ欠けたもの、ということになるのではないでしょうか。あたかもあの燈籠の穴のように。ふと見れば燈籠たちは笑っています。この世界が揺るぎなく実在すると今もかたくなに信じる、俗世の人間たちを。

●終章

30　神の獣の日に—石峰寺《せきほうじ》・若冲墓所

若冲は一七七六年、61歳頃から「五百《ごひゃく》羅漢《らかん》像」の制作に着手します。自然の石の形を生かして自分が描いた下絵をもとに、石工に彫らせて作った羅漢像を、石峰寺の本堂の裏山全体に配置しました。石像は釈迦の生涯を表現したり、様々な仏や牛などの動物の姿をかたどっています。当時は千体以上もが山に置かれ、石像群をめぐる道もつけられていたそうです。訪れる人はひととき、釈迦や仏たちの世界を旅する気分になったに違いありません。約十年をかけて完成したとみられています。死ぬまで制作をつづけたという説もあります。

「五百羅漢像」はなぜ建てられたのでしょうか。若冲が石像制作を始めた一七七六年、萬福寺でその三年前に印可を授けてもらった伯珣《はくじゅん》照浩《しょうこう》が亡くなります。この印可については26で触れましたが、道号と僧衣と共に自分に新たな生を与えてくれた大切な師の示寂は、大きな悲しみをもたらしたに違いありません。ほんの三年前に師から受け取った僧衣のぬくもりは、まだ弟子の手にのこっていたはずです。深い悲しみの中で若冲はおのずと石像を作りだしたのではないでしょうか。師に追悼の祈りを捧げながら石を見つめ、悟りを得たように石像の形を決めていったのでしょう。絵を描いて喜捨されたお金をそのまま石工に渡したと言います。そのように石像を作りつづけることで、師の、（さらには亡くなった家族や友人たちの）永遠の生を祈りつづけたのでしょう。

「五百羅漢像」の制作を開始してから十二年後の一七八八年、若冲は天明の大火によって焼けだされます（→23、24）。その疲労がたたってか一七九〇年には大病を患います。その後石峰寺の門前に隠棲し、病からの回復を証すかのように生命力のあふれた「蔬菜《そさい》図《ず》押絵《おしえ》貼《ばり》屏風《びょうぶ》」や「百犬図」などを描きますが、一八〇〇年九月八日（あるいは十日）八十五年の生を閉じます。

「神の獣の日に」は、二〇一七年夏に若冲の墓所のある石峰寺を訪れた時の記憶をもとにした詩です。ちょうど明るくなり始めた空の下で、京都の街を見下ろす墓碑は、石なのに「ゆたかな空虚」をたたえている不思議な感じがしました。私が若冲の生涯を知るゆえの錯覚ですが、絵師として生き切った、あるいは描き尽くした生涯に、若冲には思い残すことがなかったのはたしかでしょう。

墓所から二つ目の竜宮門をくぐれば、「五百羅漢像」をめぐる小さな旅が始まります。鳥のさえずりが交じる竹林のざわめきに包まれながら、時に差し込む光に照らされて、苔むし風化した石像たちはそれぞれの素朴な祈りの表情で、緑の海の底に夢のように沈んでいました。そこに全ての時間が流れ込んでかきまぜられ、癒やされていると感じたのは、その時の私の心が、つかのまでも遥かな絵師の心に触れることが出来たからだと今でも思っています。そのことを私は忘れないでしょう。若冲の絵はいつまでも私の命に、あらゆる生き物たちの神気を「生《しょう》写《うつし》」してくれるのです。

若冲／略年譜

●年齢はすべて数え年。

一七一六（正徳六・享保元※）年二月八日、京都錦高倉市場の青物問屋「枡源」三代目伊藤源左衛門（宗清）の長男として生まれる。※正徳六年六月二二日改元。

一七三八（元文三）年、23歳。父・宗清没（43歳）。若冲は四代目源左衛門を襲名し家業を継ぐ。

一七五二（宝暦二）年、37歳。「松樹番鶏図」。この絵に「若冲居士」の号があり、同号をこの時以前から使い始めたと推測される。

一七五五（宝暦五）年、40歳。家督を次弟の白歳に譲り隠居する。

一七五八（宝暦八）年、43歳。連作「動植綵絵」を描き始める。

一七五九（宝暦九）年、44歳。「動植綵絵」を精力的に制作する。また鹿苑寺大書院に「月夜芭蕉図」など水墨障壁画五十面を描く。

一七六〇（宝暦一〇）年、45歳。制作途中の「動植綵絵」に感銘を受けた売茶翁から一行書「丹青活手妙通神」を贈られる。「髑髏図」（売茶翁の賛）。

一七六四（明和元）年、49歳。金刀比羅宮奥書院の障壁画を制作する。

一七六五（明和二）年、50歳。末弟宗寂没。「釈迦三尊像」三幅、「動植綵絵」二十四幅を相国寺に寄進する。相国寺と永代供養の契約を結ぶ。

一七六六（明和三）年、51歳。大典顕常による銘文が刻まれた寿蔵（生前墓）を、相国寺塔頭松鴎庵に建立。

一七六七（明和四）年、52歳。春、大典と舟で淀川を下る。「乗興舟」。

一七六八（明和五）年、53歳。『玄圃瑤華』『素絢帖』。

一七六九（明和六）年、54歳。相国寺の閣懺法（法要）において、「釈迦三尊像」と「動植綵絵」が飾られる。

一七七〇（明和七）年、55歳。父の三十三回忌。「動植綵絵」三十幅の寄進が完了する。

一七七一（明和八）年、56歳。『花鳥版画』。この年末から一七七四年まで錦高倉市場の営業権をめぐる争議に尽力。

一七七三（安永二）年、58歳。黄檗山萬福寺第二十世・伯珣照浩から印可を受ける。

一七七六（安永五）年、61歳。伯珣照浩没。この頃石峰寺の五百羅漢像の制作に着手。

一七七九（安永八）年、64歳。母・清寿没（80歳）。「果蔬涅槃図」。

一七八八（天明八）年、73歳。天明の大火。相国寺、若冲の居宅が焼失する。大坂の木村蒹葭堂を訪ねる。しばらく大坂に滞在する。

一七八九（寛政元）年、74歳。大坂・西福寺の障壁画「仙人掌群鶏図」「蓮池図」。京都・海宝寺の「群鶏図障壁画」。

一七九〇（寛政二）年、75歳。大病を患う。

一七九一（寛政三）年、76歳。大火後の困窮のため、相国寺との永代供養の契約を解除する。この頃から石峰寺門前に隠棲。

一八〇〇（寛政一二）年、85歳。「花卉図天井画」。九月八日（あるいは十日）死去。石峰寺に葬られる。戒名は「斗米菴若冲居士」。

あとがき

二〇一六年冬から二〇二一年夏まで書きついだ若冲連作の三十篇を、各篇の解説も加え一冊にまとめることが出来て、とても嬉しく思っています。詩も解説も、私にとって五年半という時間そのものです。時間は失われずどの頁にもいきづいています。

全ては解説に書きましたが、あらためて三十篇を振り返ると、自分が若冲の絵から受けた感動がかけがえのないものだったと分かります。その感動を、言葉にならないものをも含め出来るだけ壊さずに捉えるには、詩を書く以外ありませんでした。

感動は複雑に入り混じり静かで透明なものでした。若冲のゆたかな空虚とそこに響く命の色。何かを語ろうとあるいは歌おうとするような獣たちの身じろぎと、そこに惹きつけられる私自身の欠如。若冲の生きた十八世紀と私の生きる二十一世紀が浸透し合うような、不思議な時空の感覚。それらをそのまま詩の言葉によって生捕りにしたい――その思いは絵に見入るほどに、そして若冲の生き方や時代を知るほどにつのりました。これまで知らなかった詩の欲望です。

　さて、いま未来は闇をたたえています。しかし過去を振り向き目を凝らせば、無数の灯火が見えてきます。未来がどんなに闇を深めても、過去には誰かが残した灯火が待っている。そして光を強めている。そのどれか一つでも頼りにすれば、どんな闇でも少しだけ進むことが出来るはずです。それこそは希望ではないでしょうか。

　若冲は「具眼《ぐがん》の士を千年待つ」と語ったと伝えられます。自分の絵の価値が分かる人が現れるまで千年でも待とう、という意味です。千年という未来を見据えて描いていたことになりますが、千年闇が深まってもその絵は錦の輝きをますはずです。その輝きから僅かに貰い受けた明かりを手に、私の言葉はどれだけ、どこへ向かって進めたでしょうか。

河津聖恵

二〇二一年一二月一日

参考文献

佐藤康宏『もっと知りたい伊藤若冲―生涯と作品』（改訂版、東京美術）
佐藤康宏『名宝日本の美術27　若冲・蕭白』（小学館）
佐藤康宏『若冲伝』（河出書房新社）
狩野博幸『目をみはる伊藤若冲の「動植綵絵」』（小学館）
狩野博幸『伊藤若冲大全（解説篇）』（小学館）
狩野博幸『若冲』（KADOKAWA）
『旺文社古語辞典（第十版）』
辻惟雄・小林忠・狩野博幸・太田彩・池澤一郎・岡田秀之『若冲ワンダフルワールド』（新潮社）
『江戸漢詩選5　僧門』（末木文美士・堀川貴司・注、岩波書店）
末木文美士『草木成仏の思想』（サンガ）
黒川創『若冲の目』（講談社）
『日経サイエンス』2017年10月号
福田千鶴『徳川綱吉―犬を愛護した江戸幕府五代将軍』（山川出版社）
辻惟雄編『若冲の花』（朝日新聞出版）

著者略歴

河津聖恵（かわづ・きよえ）

1961年東京都生まれ、京都在住。京都大学文学部独文学科卒業。第23回現代詩手帖賞受賞。詩集に『夏の終わり』（ふらんす堂、第９回歴程新鋭賞）、『アリア、この夜の裸体のために』（同、第53回Ｈ氏賞）、『姉の筆端』『クウカンクラーゲ』『Iritis』『青の太陽』『神は外せないイヤホンを』『新鹿』『龍神』『夏の花』『現代詩文庫183・河津聖恵詩集』（以上思潮社）、『ハッキョへの坂』（土曜美術社出版販売）。詩論集に『ルリアンス―他者と共にある詩』、『パルレシア―震災以後、詩とは何か』（以上思潮社）、『闇より黒い光のうたを―十五人の詩獣たち』（藤原書店）、『「毒虫」詩論序説―声と声なき声のはざまで』（ふらんす堂、第21回日本詩人クラブ詩界賞）。共著に野樹かずみとの連作集『christmas mountain―わたしたちの路地』（澪標）、『天秤―わたしたちの空』（草場書房）、新藤涼子・三角みづ紀との連詩集『連詩 悪母島の魔術師』（思潮社、第51回歴程賞）、中西光雄、伊藤公雄、山室信一他との共同論集『唱歌の社会史―なつかしさとあやうさと』（メディアイランド）。

発行　二〇二二年二月八日初版発行
著者　河津聖恵©
発行人　山岡喜美子
発行所　ふらんす堂
〒182―0002　東京都調布市仙川町一―一五―三八―二F
TEL（〇三）三三二六―九〇六一　FAX（〇三）三三二六―六九一九
詩集　綵歌《さいか》
ホームページ　http://furansudo.com/　E-mail　info@furansudo.com
装丁　和兎
印刷　日本ハイコム㈱
製本　三修紙工㈱
定価　本体二五〇〇円＋税
ISBN978-4-7814-1445-4 C0092 ¥2500E